Gennadi Ratson

Dunkel am Ende des Lichts

Wie teuer Du eine schöne Illusion auch bezahltest, Du hast doch einen guten Handel gemacht.

– Marie von Ebner-Eschenbach

Bibliografische Information der Deutschen Nationalbibliothek:
Die Deutsche Nationalbibliothek verzeichnet diese Publikation in der
Deutschen Nationalbibliografie; detaillierte bibliografische Daten sind im
Internet über http://dnb.dnb.de abrufbar.

Cover: BoD
Emojis: Twemoji. Twitter 14.0, CC-BY 4.0

Herstellung und Verlag: BoD – Books on Demand, Norderstedt

ISBN: 978-3-75438-400-8

Gennadi Ratson

Dunkel am Ende des Lichts

Affenprosa im Zenit der Angst, aber unter der
Gerechtigkeit des Geschriebenen

Inhalt

Kapitel 01 – Heimkehr

Ich kam aus der Klinik mit der Diagnose, dass ich halluziniere.

„Ja, Herr Rall – wir werden Sie medikamentös einstellen müssen, um die Halluzinationen in den Griff zu bekommen!", sagte Doktor Böhmer.

Ich bekam wegen meiner Depression schon starke Medikamente: „Wie... noch mehr Tabletten?"

„Ja, machen Sie sich keine Sorgen! Sie sind doch jung und fit, da kann man doch noch was ab!"

Ich war Anfang dreißig und psychisch bereits so angeschlagen wie ein französisches Kriegsschiff physisch bei der Schlacht von Trafalgar.

„Sie wissen schon, dass ich Antidepressiva nehmen muss?"

Ein hässlicher Schatten huschte kurz über Doktor Böhmers Gesicht, bevor sich sein unverwüstlich positives Lächeln wieder festkittete.

„Wir werden Sie schon einstellen! Ihre Psychotherapeutin steht mit uns im Kontakt." Jetzt wurde er aber wirklich ernst: „Nur bedenken Sie bitte, Herr Rall – Sie können im Alltag nicht mehr völlig all Ihren Eindrücken trauen! Wenn Sie Ungewöhnlichkeiten erleben, suchen Sie uns unverzüglich auf!"

Mein ganzes Leben war bisher so gewöhnlich gewesen, dass meine psychische Disposition sich selbst sehr erfolgreich beschäftigt hatte. Mit bleibenden Schäden.

Böhmer gab mir die Hand und verabschiedete sich.

Tamara wartete vor der Klinik an ihren Kleinwagen gelehnt und weinte, als ich sie umarmte.

Wir waren seit über zehn Jahren zusammen und ich glaube, sie nahm die ganze Sache mehr mit als mich selbst.

Auf der Fahrt nach Hause, auf die andere Seite des Flusses der Hafenstadt, sagte sie kein Wort, schien nur glücklich und konzentrierte sich auf das Fahren.

Ich überlegte derweil, wie es so weit kommen konnte, und fand darauf keine Antwort.

Keine Ahnung, wie die Halluzinationen angefangen hatten. Ich war mir nicht einmal sicher, ob ich überhaupt je welche gehabt hatte.

Irgendwann, vor einigen Wochen, war ich plötzlich in die Klinik eingewiesen worden, nachdem ich bereits mit den Depressionen schon so viel zu tun hatte und diese mich völlig umschlossen hatten. Meine Therapeutin Frau Doktor Lowag hatte dies veranlasst.

„Willst du dich ein bisschen hinlegen?", fragte Tamara mich, als wir in unserer Wohnung waren und ich meine Tasche auf das Linoleum des winzigen Flurs gestellt hatte.

Ich hatte in der Klinik fast nur gelegen, also antwortete ich: „Ja, klar!"

Die Bude hatte sich zum Glück in den Wochen, die ich nicht da gewesen war, nicht verändert. Lediglich ein trauriger Schimmer schien überall noch in den Räumen zu schweben, ausgeweint von Tamara in den Stunden der verzweifelten Einsamkeit und Ungewissheit über die Zukunft.

Das Bett war herrlich und ich lag mit geschlossenen Augen und lauschte in die rauschende Stille eines schnöden Dienstagvormittags. Im Mietshaus herrschte kein geschäftiges Treiben, sondern nur die Abwesenheit der arbeitenden Mietparteien und die Verstummtheit der Rentnerinnen und Rentner.

Mein Handy klingelte.

„Ja, moin?"

„Samuel? Ach, wie schön!" Es war meine Chefin aus der Medienbude, in der ich arbeitete. Zumindest in der ich auf dem Papier immer noch arbeitete, denn ich war ja aufgrund meines Zustands und der damit einhergehenden Krankschreibung seit über zwei Monaten nicht mehr auf Arbeit gewesen.

„Ja, schön auch dich zu hören, Carin!"

„Wie geht's dir? Du bist wieder zu Hause, wurde mir gesagt?"

„Ja, bin ich! Mir geht's … gut!" Das war irgendwo zwischen Ehrlichkeit und Lüge.

„Gut? Wirklich? Was ist denn nun eigentlich los?" Carin klang besorgt.

„Das vertell ich dir in Ruhe, wenn ich wieder zur Arbeit komme!"

„Du kommst wieder zur Arbeit?"

„Ja, der Arzt hat gesagt, dass es am besten ist, möglichst normal wieder in den Alltag einzusteigen!"

„Ach wat?"

„Ja! Und ich bin noch bis Ende nächster Woche krankgeschrieben, dann komme ich wieder in die Redaktion!"

Carin ließ einen Seufzer vernehmen, der, ähnlich meiner Wahrlüge, irgendwo zwischen Erleichterung und Besorgnis oszillierte.

„Sammy, du gibst aber Acht auf dich, ja?"

„Na, sichi!" Gut, das war jetzt wirklich eine Lüge.

„Okay, dann erhol dich noch gut! Wir alle freuen uns sehr auf dich und deine Rückkehr in den Betrieb!"

Rückkehr in den Betrieb... Alles klar! Dat geht sein' sozialistischen Gang... Wenn irgendwas zu der Medienbude nicht passte, dann die Assoziation einer geplanten Betrieblichkeit.

„Ich mich auch! Mach's gut, Carin!"

„Du auch! Gute Besserung noch, Sammy! Bis in zwei Wochen!"

Ich legte auf. Medialarbeit. Einfach alles so machen wie vor der Diagnose. Vor der ganzen Scheiße... Vielleicht sogar wie vor der verdammten Depression.

Bis dahin jedenfalls würde ich die Zeit nutzen müssen. Endlich das machen worauf ich Bock hatte: Schreiben, musizieren, chillen. Entkrampfen.

Das Handy klingelte erneut. So wird das aber nichts mit dem entkrampften Chillen.

„Ja, moin?"

„Jung, büst du wedder doar?" Mein Papa. Er redete mit mir nur Plattdeutsch. Und trotz des Ernstes der Lage wechselte er nicht in die Hochsprache. Für diese lockere Sturheit war ich ihm sehr dankbar.

„Jau, ick bün doar un ok wedder tau Hus, Vaddi!"

„Ach, leiwer Gott! Ick bün ja so froh, dat du wedder rut büst!" Der nächste Mensch aus meiner Umgebung, den das alles mehr mitzunehmen schien als mich selbst. Meine Mutter hatte bei den Besuchen in der Klinik fast nur durchgehend geheult. Der alte Herr hingegen war zweifelsohne auch sehr getroffen, doch er hielt sich mit lächerlicher Klischeehaftigkeit an dem männlichen Stereotyp, solche starken Emotionen nicht zu zeigen. Insgeheim wusste ich, dass er es nur mit der nordostdeutschen Kühle generell und abgewürzt durch etwas Protestantismus schaffte, sich in dieser Sache halbwegs gefasst nach außen hin zu halten.

„Un wo geiht di dat?"

„Ja... möt, nä?"

„Na, Jung... Du hesst uns allen dullen Schrecken injocht, dat kannst wull glöwen!"

„Ja, ja... Papa, mi geiht dat awerst schon ganz gaud... Kannst mi ok glöwen! Ick bliff nu noch twei Weeken tau Hus un denn gah ick wedder arbeiden un denn ward dat allens wedder!"

„Un wat seggt de Dokter?" Mein Vater schien keineswegs überzeugt.

Ich wiederholte erneut alles, was ich wusste: dass ich Tabletten nehmen muss, mehr als ohnehin schon und was sonst noch so alles an dieser Scheiße dran war.

Dass ich unter Depressionen litt, hatten meine Eltern erst im Zuge der Einweisung in die Klinik auf der anderen Flussseite erfahren. Bereits dies war in ihrem Alltagsumgang, der viele Elemente der DDR-Sozialisation nicht abstellen konnte, ein Schock gewesen. Erst hatten sie einen Sohn, der Künstler sein wollte, nun war der auch noch verrückt. Na toll! Wenigstens ist das eine vom anderen ja noch nie weit weg gewesen...

„Verhal di ierstmol schön!"

„Dat mok ick, Vadding!"

„Wi kümmen di besäuken sobald wi de Tied finnen, ja?"

„Ja, Vaddi!"

Meine Eltern, obwohl beide über sechzig, arbeiteten noch immer lächerlich viel. Sie wohnten etwas weiter im Binnenland und waren nur zwei Mal zu Besuch gewesen, als ich in der Klinik steckte.

„Dann holl de Uhren stief, mien Jung!" Papa klang wirklich scheiße.

„Löppt sick allens wedder t'recht!", positivierte ich.

„So Gott will! Tschüßing, mien Jung!"

„Tschüßing, Papa!"

Ich legte auf. So viel Religiosität war ungewohnt. Muss wohl wirklich ernst sein...

Tamara kam durch die Tür mit einem Tablett mit qualmendem Tee, Wasser und einer großen Box mit verschiedensten Pillen.

„Jetzt wird geballert?", fragte ich.

Sie schaffte nur ein sterbendes Fake-Lächeln.

Strikt überwachte sie, dass ich die Medizin korrekt nahm.

„Wie sind deine Pläne für die nächsten Tage, Sammy?" Sie fragte jetzt zärtlich, nach dem Aufsehermodus.

„Ich werde schön ausschlafen, mich ausruhen, schreiben, Musik machen und mich vielleicht mit paar Freunden treffen!"

Tamara zeigte ein offenherziges Grinsen, das ich wirklich an ihr mochte.

„Das klingt doch nach einem guten Plan", unterstützte sie.

„Nich' wahr?" Jetzt grinste auch ich.

Am nächsten Morgen wachte ich spät auf. Kein Wecker, die gleiche geile Scheißstille. Tamara war früh aufgestanden und bereits lange auf Arbeit.

Ich kroch aus der Nestwärme des Bettes und schaute aus dem Fenster. Der Himmel hauchte sich fernab blaugrau am Horizont überlagernd entlang. Im groberen Himmelskern zogen fettere Dunkelwolken ihre Bahn und das Wetter schien so wie ich mich fühlte: betrüblich, aber man war dran gewöhnt. Dass man im Norden das Scheißwetter erkannte und schätzte, war mehr als ein Klischee, es war eben Alltagsbewältigungsstrategie.

Was dem Pariser Bohemien seine Syphilis ist, ist dem norddeutschen Fischkopp sein Vitamin-D-Mangel, haha!

Am hinteren Ende des Horizonts, im Osten der Stadt, da wo auch die DDR-Blocks stehen, riss plötzlich die Wolkendecke und bohrende Sonnenbalken schoben sich runter aufs Land.

Na, wenn das mal kein freundliches Zeichen ist?

Ich war erstaunlich positiv, die Ruhe und die heimische Umgebung hatten mir wirklich gut getan. Heute würde ich gewiss was fertig bekommen!

Ich setzte mich an den Schreibtisch. Was schreiben? Die ganze Kackscheiße verarbeiten? Auch Müll:

Oh, Depressionen! Drück mal diesen Dreck aus, der sich der sprachlichen Präzisierung entzieht! Und am Ende fragt irgendein Trottel dann nur wieder: „Wie? Er ist jetzt traurig, oder was?"

Und sonst den neusten Streich meiner Körper-Geist-Verbindung aufschreiben? Halluzinationen! Ich wusste nicht mal genau, was das nun wirklich bedeuten sollte, sich Sachen einzubilden und seinen Sinnen nicht mehr vertrauen zu können.

Nee! Ich musste etwas schreiben, was praktisch Sinn abgeben konnte. Abgeben sowohl auf mich, als auch auf meinen Alltag. Selbsttherapie.

Ich versuchte es mit irgendeiner Prosa über mein letztes dreiviertel Jahr.

Das literarisierte Tagebuch für mich selbst. Prosa der Egozentrik.

Aber seien wir mal ehrlich: Selbstbezug in der Epik hatte schon eine steile Karriere weit vor meiner Lebzeit abgeliefert und ein weiteres Stereotyp in dem Bereich würde der ungebundene Werkkanon schon noch verkraften.

Von den drei goetheschen *Naturformen* der Literatur war die Epik nun die merkwürdigste, weil sie doch so rational und nachvollziehbar war. Passt doch überhaupt nicht zur Kunst!

Ich meine: Dramatik – das Theater ist doch ohnehin das Sammelbecken für semigescheiterte Verrückte. Semigescheitert, weil sie es eben ja ins Theater geschafft haben.

Und die Lyrik? Wenn irgendetwas mehr Klischee der Emotionalität ist als ein Schreibender, dann ist es ja wohl ein Schreibender, der Gedichte macht. Jeder pubertäre Erstausbruch in einer – zugegeben – krankmachenden Welt manifestiert sich bei einem gewissen Maß an Mitteilungsgrad und Buchnatürlichkeit in der Produktion furchtbar mieser Lyrik. Bei anderen Voraussetzungen in Rap, den man nicht als *tight* labeln kann.

Von daher: in ihrer Normalität hatte sich die Prosa unbestritten als einziger Literaturzweig wirklich im niedertreckernden Turbokapitalismus halten und etablieren können.

Homer lachte hinter seinem E-Book-Reader und wutschte mit ausladendem Fingerzeig nach oben durch seine Ilias. Tantiemen, die er nie bekommen würde. Und dann wurden Homers Züge traurig.

Die Kunstnormalität der Lyrik passte am besten konträr zu der uns umgebenden Gleichförmigkeit, die jedem, jeder, jeden Tag aus den paralysierten Gesichtern tropft. Von Normalität war ich aber zu dem Zeitpunkt am weitesten entfernt, also das Unerwartete wählen! Alte Punkerhandlungsanleitung! Ich schrieb jetzt Prosa! Zwischendrin manchmal aber dann doch durchbrochen von Lyrik. Ich wollt' ja auch nicht zu rational wirken. Wenigstens hatte ich die Schmalzbildung in meiner Lyrik überwunden. Meine Verse hatten irgendeinen Rostcharakter angenommen. Damit konnte ich ganz gut leben.

Die Sätze flossen in den Laptop. Nicht schlecht. Zumindest fürs Erste. Und nicht schlecht fürs Arbeiten. Ob das Geschriebene etwas taugte, würde sich erst noch zeigen müssen.

Bis in den Nachmittag schob sich der Tag voran. Die stahlgrauen Schlachtschiffe des Himmels aus Wassertröpfchen rollten genauso unbeirrbar über die Hemisphäre wie der Frachtverkehr über die Ostsee, und ich schrieb meinen Quatsch weiter auf.

Ab und an schaute ich skeptisch auf den Laptopbildschirm, ob sich da nicht irgendwie, -wann etwas zeigte, was dort nicht hingehörte; ob nicht die propagierten Halluzinationen auftauchen würden. Doch ich sah immer bloß den Cursor in der Textverarbeitung blinken.

Am Nachmittag – noch immer bölkte die Stille mit den obertönenden Flageoletts der traurigen Rentnerverstummung aus dem Treppenhaus herauf – fiel mir wieder ein, dass ich Tamara ja versprochen hatte, dass ich mich mit Freunden verabreden wolle.

Ich griff das Handy. Laertes anrufen.

Ja, der Typ heißt wirklich so wie der eine aus Hamlet, beziehungsweise aus der Odyssee. Was sich Laertes' Eltern dabei gedacht hatten war mir nicht klar, aber immerhin war sein Name ähnlich ominös wie der Typ selbst.

Es klingelte und die vertraute Stimme meldete sich: „Hallo?"

„Moin, Laer!" Niemand nannte Laertes bei seinem vollen Vornamen. *Laer*, in der norddeutschen Aussprache klang es – besonders in schnellen Reden – zumeist wie *Lääh*, kam da sehr gut zu Pass.

„Ach, moin Samuel!" Ha! Endlich mal keine Nachfrage, wie es mir ginge, obwohl Laer natürlich wusste, wo ich die letzten Wochen verbracht hatte.

„Wie geht dir das, Laer?", fragte ich mit süffisantem Grinsen am Telefon, weil ich diese Floskelfrage zuerst gestellt hatte.

„Mir geht es gut! Aber wie geht's dir? Ich meine, du warst doch im Krankenhaus?"

In einer Klinik, aber ja doch: da war die Frage wieder.

„Ja, nee... mir geht's soweit ganz okay..."

„Wirklich?"

„Ja, ja... Wirklich!"

„Okay..."

Pause.

„Du, sa' ma', Laer... Ich ruf an, weil ich fragen wollte, ob wir nich' zusammen mal wieder Kaffee saufen gehen wollen?"

„Ja klar! Warum nicht?"

„Ja, geil! Wann denn? Morgen?"

„Was ist morgen?"

„Donnerstag!", antwortete ich.

Laertes überlegte kurz.

„Ja, nee! Morgen kann ich nicht! Aber am Freitag!"

„Cool, wann?", hakte ich nach.

„Äh... so vierzehn Uhr fünfzehn?", schlug Laer vor.

Er verwendete immer ziemlich präzise Ausdrücke und sprach auch sehr wenig Dialekt im Vergleich zu mir.

„Viertel drei?", korrigierte ich nachfragend im ostdeutschen Zeitausdruck.

„Ja!"

„Okay, ja geil! Geht klar, Aller!"

„Schön! Bis dann!"

„Bis denn, Diggi!"

Ich legte auf. Einen Ort brauchten Laer und ich nicht ausmachen. Wir gingen immer ins selbe Café. Das Café Y war in der Nähe unserer Wohnungen und immer ganz gemütlich. Wir besuchten es schon seit Jahren.

Außerdem entsprach es unserer Generation, alleine schon vom Namen, höhö!

Manchmal kamen irgendwelche Berliner Ostseebesucher-Hipster und fragten nach dem „Café *Uahih*".

„Wat? Kawwe Waih? Ich kenn nur dat Kawwe Üpsilonn!", war dann meine Standardantwort.

Nun gut, jetzt also bloß noch die Zeit bis Freitag viertel drei rumkriegen!

Kapitel 02 – Der Pfeifenraucher

Das klappte besser als ich erwartet hatte. Neben der Schreibarbeit (ich hatte eine Art Novelle angefangen und spuckte zwischendrin immer wieder Schrottlyrik) hatte ich endlich wieder Musik aufgenommen.

Meine Gitarre und meine Homerecordingtechnik hatten mir schmerzlich in der Klinik gefehlt. Alleine der Fakt, dass man mit derartig wenig Aufwand seine persönlichen Möglichkeiten zur Musikproduktion in den eigenen vier Wänden wahrnehmen konnte, war Grund genug, den ewigen Früher-war-alles-besser-Sagerinnen und -Sagern eine Anstandsschelle auszuteilen.

Ich spielte Gitarre, sang dazu, nahm den Quatsch auf und schrieb sogar ein bisschen an einem eigenen Song. Schön über die Klinik, hach – es ist so primitiv, wenn du kompliziert bist...

Außerdem half ich Tamara viel. Sie arbeitete hart und lange. Oft war sie früh aus dem Haus, noch vor acht Uhr morgens und meist erst am späten Nachmittag wieder da. Lag zusätzlich auch noch an ihrem Pendeln.

Also war Sammy Rall da, um den tollen, nichttoxischen Hausmann zu spielen! Abwaschen, Wäsche waschen, kochen, einkaufen, staubsaugen, Kloputzen, Müll wegbringen, mit diebisch-schelmischer Lust Glasflaschen vollwuchtig in die Recyclecontainer ballern und dergleichen.

Und jetzt, wo der durchgeknallte Mann seine naturgesetzlich unverrückbaren Ernährerpflichten nicht mehr wahrnehmen konnte, eben Rollentausch – kein Ding! Wie es aber indes tatsächlich mit der Nichttoxizität klappte, wagte ich zu bezweifeln.

Mir blieb ja aber auch nicht viel anderes übrig. Und ich wollte auch erst einmal keine anderen Möglichkeiten haben.

Es war noch nicht so lange her, dass der grausige Griff der Depression mich fest eingeklemmt hatte und mir die Luft aus den Lungen drückte, sodass ich drohte zu ersticken.

Und wenn ich sage *grausig*, dann nicht, weil das eine besonders präzise Beschreibung des Wesens einer Depression wäre, sondern weil das Wortspiel mit dem Grauen und der Farbe Grau noch einen Rest von übertragender Verständlichkeit erahnen lässt in einer Sache, die sich sonst der sprachlichen Realisierung entzieht und die definitiv nichts mit barer Traurigkeit zu tun hat.

In der Zwinge der Depression also hatte ich gesteckt und war mir jetzt noch sehr sicher, nicht mal dieser entflohen zu sein, als die nächste Scheiße kam:

Hallihallo, Hallus! Und deshalb sogar jetzt mehrere Wochen in einer Klinik verbracht. Und mir dann noch nicht einmal klar, was denn nun eigentlich geschehen ist, dass es so weit kam.

Nein, also da konnte ich auf großartige eigene Möglichkeiten erst mal verzichten und begnügte mich mit dem, was naheliegend und empathisch war.

Und dies war Tamara zu helfen, wie sie mir geholfen hatte.

Dass dabei eben noch genug Zeit für meine Künstlerscheiße

blieb (von der ich nicht mal zu dem Zeitpunkt wusste, ob es nicht Dilettantenscheiße war), war netter Nebeneffekt und Privileg.

Ich stieg in meine Stiefel, die für den aufziehenden Frühling eigentlich viel zu warm waren, als am Freitag die Uhr im winzigen Flur dreizehn Uhr vierzig zeigte. Gleich *dreiviertel zwei*! Ist dir das unverständlich? Komm – ist es nicht? Genieß das, in einer Auskostung und Ergebenheit: *dreiviertel zwei*!

Es ist nicht unlogisch, denn die Vorausreferenzierung auf die folgende Stunde ist dem Wesen der Zeit – sofern man denn über sie Aussagen treffen kann – geschuldet. Die Zeit läuft ab. Eine Stunde ist erst dann eine volle Stunde, also eine *vollendete* Stunde und als solche benennbar, wenn sie ihre sechzig Minuten gewährt hat. Es ist nach null Uhr erst ein Uhr, wenn die Einserstunde durchgelaufen ist. Durch das Sein sozusagen. Und wenn du dann doch vorab diese laufende Stunde schon benennen willst, ohne dass sie doch rum und vollendet ist, so hilft dir der Bruchausdruck. Doch kann er sich nur auf die zu vollendende Stunde beziehen. So ist um dreizehn Uhr fünfundvierzig – das war es nämlich mittlerweile – eben erst ein Dreiviertel der Vierzehnuhrstunde vorüber.

Die Stiefel waren wirklich zu warm. Draußen war es noch immer stahlwolkig von Sonnenbalken durchbrochen, doch die Vögel sangen und alle grau-braunen Stöcker der Äste waren bereits mit grünem Flor durchzogen, wie ein bisschen Entengrütze in einem dunklen Teich. Frühling und so.

In Anbetracht dessen, dass ich den vergangenen Tag nicht draußen gewesen war, trippelte ich den Weg zum Café. Er dauerte bloß zehn Minuten. Die vereinzelt durchbrechenden Sonnenstrahlen schmiegten sich über Straßenpflaster und Asphaltfahrbahn. Wie ausgegossenes Gold sickerte in jede Ecke, in jeden Winkel, in jede Ritze das Licht.

Und die Menschen, die ich auf der Straße sah, sogen die Helligkeit ausgezehrt auf, voller Gier.

Ich überlegte, ob der vergangene Winter so dunkel und anstrengend gewesen war, doch konnte mich nicht erinnern.

Mir kamen die ganzen letzten drei Jahre dunkel und anstrengend vor – durchgehend. Scheiß Depris!

Dennoch empfand ich jetzt so etwas wie Freude über Vögel, Sonne, Knospen. Therapie und Tabletten schienen doch tatsächlich ihre Wirkung zu tun.

Das Café Y lag schön in halbkieziger Gegend, etwas zurückgesetzt unten in einem Wohnhaus und die ersten Leute saßen draußen, tranken Bier, rauchten und schnackten. Ich wusste, dass Laer eh drinnen saß. Der war eher etwas vampiristisch unterwegs und hatte sich in eine düstere Ecke innerhalb des Etablissements verkrochen.

Durch die Tür getreten und in die am wenigstens ausgeleuchtete Ecke geschielt: da saß er schon.

„Mohoooin!", begrüßte ich.

„Na?" Laer stand zur flüchtigen Umarmung auf.

Ich setzte mich, nachdem ich aus der Jacke gerobbt war (auch viel zu warm) und griff die Tischkarte.

Laertes trank Cappuccino.

„Wie geht es dir?"

Verdammt, da war sie wieder und diesmal war Laer schneller gewesen.

„Digger, das hast du mich am Telefon schon gefragt!", antwortete ich.

„Ja? Aber du hattest nicht geantwortet!"

„Doch! Hatte ich!"

„Ach?"

„Ja!"

„Und, wie geht es dir nun?"

Okay. Ich war jetzt ausdauernde fünfzehn Sekunden da, erst jetzt fing Laertes' ruhige Art an mich zu nerven.

Dennoch lag in seinem Fixblick etwas anderes, das jenseits von Smalltalk lag.

„Digger, mir geht's soweit ganz gut", resignierte ich.

„Aber du warst doch irgendwie im Krankenhaus?"

Laertes hatte mich nicht besucht, wohl aber hatte ich mit ihm geschrieben, als ich in der Klinik war.

„In der Klinik auf der anderen Flussseite."

„Ach, Klinik."

„Ja."

„Und wie war es da in der Klinik?"

„Digger, wie soll das in einer verdammten Klinik sein? Scheiße natürlich!"

„Und warum warst du in der Klinik?"

In dem Moment kam die Kellnerin an den Tisch: „Was trinkst du?"

Ich zögerte, da ich noch keinen lesenden Blick in die Karte werfen konnte: „Äh..."

„Bier?", fragte sie ratend.

Ich hätte liebend gern alles Bier des Lokals ausgetrunken, aber die Ärzte hatten mir bereits vor Wochen aufgrund der Psychopharmaka ein strenges Alkoholverbot auferlegt.

„Nein, danke – Ich nehm' 'n großen Pott Kaffee!" Kaffee war das letzte bisschen Substanz, welches mir verblieben war.

Die Kellnerin nickte und stratzte ab.

Stille am Tisch, Klangumgebung im Café.

Nach einer halben Minute: „Also, weswegen warst du in der Klinik?" Laer blieb fokussierter als ich es von ihm kannte.

„Pass auf, Laer... Ich hab' Depressionen – das weißt du?"

„Ja."

„Ich kann dir nicht genau sagen was passiert ist, aber es wurde festgestellt, dass ich auch unter Halluzinationen leide!"

„Halluzinationen?" Laer machte eine erstaunte Stimme, aber sein Gesicht blieb genauso ruhig und unbewegt wie vorher.

„Ja, Hallus! Kennst du doch?"

„Nein, kenn' ich nicht. Zum Glück!"

„Na, Mann! Du weißt schon – als Wort, *was* das ist! Aber nicht *wie* das ist!", präzisierte ich.

„Ja, klar kenn' ich das!", flüsterte Laertes nun.

„Na, siehste! Und neben den Depris hab' ich laut den Ärzten nu' auch Hallus!"

„Und wie äußert sich das?"

Jetzt musste ich schweigen. Die Frage konnte ich, abseits von den allgemeinen Vorstellungen von Halluzinationen, nicht beantworten.

26

„Ich weiß nicht... Ich habe noch keine gehabt...", sagte ich schließlich fast zu leise, um gegen den umgebenen Cafélärm anzukommen.

„Du weißt es nicht?"

„Nein."

„Du hattest noch keine?"

„Nein, wie ich eben sagte."

„Woher weißt du dann, dass du Halluzinationen hast? Du hast doch offenbar keine!" Laer spielte wieder seine penetrante Sturheitskarte.

„Laertes, Aller –"

„So, hier der Kaffeepott!"

Ich hatte die heransteppende Kellnerin überhaupt nicht bemerkt. Sie platzierte den qualmenden Kaffee vor mir und wackelte wieder ab, nachdem ich noch mein Danke stammeln konnte. Ein Pott war hier tatsächlich dem Worte angemessen dimensioniert.

Ich trank. Sofort spürte ich die Wärme in meinen Bauch und das Koffein in meine Synapsen toben. Großartig!

Ich trank nochmals, boah GROßartig!!

Ich trank ein drittes Mal... Jetzt war ich Laertes gewachsen!!!

„Laer, Aller! Ich weiß nicht genau was geschehen ist, aber ich kam vor zwei Wochen – nee... drei...? Äh... so vor zweieinhalb Wochen in die Klinik, ja?"

„Ja...!"

„... Und warum weiß ich gar nicht, ja?"

„Ja...!"

„... Und da inner Klinik hat man mir verklort, dass ich neben meinen Depressionen nu' auch Halluzinationen habe, ja?"

„Ja...!"

„Ja?"

„Ja."

Pause.

„Okay... aber du kannst dich nicht an irgendwelche Halluzinationen deinerseits erinnern?", fragte er dann noch.

„Nein!"

Pause.

Schließlich Laertes: „Äh... woher weißt du, oder wissen die Ärzte aus der Klinik dann überhaupt, dass du Halluzinationen hast?"

Dieser verdammte Laertes! Ich hasste ihn für seine präzise und ruhige Zielführung. Aber ich liebte ihn auch dafür. Natürlich hatte er recht. Ich schwieg überlegend.

Schließlich: „Ja... Keine Ahnung, Mann! Ich bin doch kein Dokter!"

Laertes lehnte sich zurück, schaute an mir vorbei, knispelte sich den Bart, nahm sein Cappuccinotässchen vorbeugend und tat einen lütten Sögen daran, stellte es dann wieder aufs Untertässchen, lehnte sich erneut zurück, schaute an mir vorbei und knispelte sich den Bart.

„Es gibt also keinen Beweis für deine Halluzinationen?", fragte er schlussendlich.

„Nein. Aber ich nehme doch an, dass die Ärzte wissen, was sie wie diagnostizieren."

„Das ist vertrauensvoll."

„Naja, alles andere wäre auch aluhütisch, oder nich'?"

28

Laer schwieg wieder.

„Mach dir nicht so große Gedanken. Die werden schon wissen was sie machen!", schloss er dann plötzlich.

Wie? Erst die große Verschwörung anstarten und dann doch die optimistische Ratio rauskehren?

Der Kaffee war schon leer, ich gab der Kellnerin ein erneutes Handzeichen.

Laer hingegen entspannte weiter rücklehnend auf der Eckcouch.

Unser Gespräch nahm die üblichen kryptischen Züge an und bearbeitete die immer selben Themen: Regionale Musik und die abseits des Mainstreams, Literatur – vornehmlich die eigenen Versuche und Hermann Hesse. Manchmal noch Jack Kerouac, aber eigentlich eher mehr Hermann Hesse, sowie etwas über Technik.

Laer pflegte mehr einen Bohemienlifestyle und steckte noch immer in seinem Studium. Ich hingegen war da prolliger – also ein intellektueller Proll – und war bereits über die Arbeitslosigkeit in meinen Medienberuf gekrochen. Es darf bis jetzt sehr bezweifelt werden, ob das eine Verbesserung war.

Ich fragte Laer nach seinen letzten Uniseminaren – was er dieses Semester bei wem zu besuchen gedachte, denn ich erhoffte einige bekannte Namen wieder zu hören.

„Ja, ich habe in der Literaturwissenschaft ein Seminar über religiöse Mystik in der frühneuhochdeutschen Lyrik aus dem oberdeutschen Sprachraum und dann noch eine Vorlesung über die Auswirkungen des morphematischen Prinzips in der Orthographie – also das dann in Sprachwissenschaft."

Ach du Scheiße: ein Adrenalinsemester, um die Tranquilizer-vorräte der Hansestadt auf die Probe zu stellen!

„Mehr Sachen belegst du nicht?", hakte ich skeptisch nach.

„Nein."

„Nein, Digger?"

„Nein. Wieso auch? Reicht doch."

Wow, das war für Laers Verhältnisse schon richtig geschwätzt und getratscht.

„Wieso oberdeutsche Lyrik hier?"

Er nannte mir den Namen der Dozentin, von der ich wusste, dass sie aus dem Süden des deutschen Sprachgebiets kam.

Gott, ich wurde niedergeschlagen! Doch mich irritierte auch etwas.

„Mich durchzieht grad – alles in allem – ein urst trauriges Gefühl, Laertes!"

„Wieso denn?"

„Das beides soll jetzt ein halbes Jahr Einzug halten in deinen akademischen Lehrplan?"

„Ja."

„Digger, das' voll scheiße!"

„Was jetzt?" Laer schien nicht zu begreifen.

„Na, diese Unischeiße!"

„Wieso?"

„Aller, du fragst jetzt nicht ernsthaft nach dem Grund, oder?"

„… Doch…"

„Digger, bairische Religionslyrik von vor über vierhundert Jahren hinsichtlich dessen analysieren, was alles und nichts sein kann? Und zu luschern, warum man ,endlich' mit ,d' statt mit ,t' schreibt?"

„Ja! Und?"

„Okay, du siehst da kein Problem drin?", fragte ich eindringlicher nach. Noch immer irritierte mich etwas, was ich nicht einkreisen konnte.

„Nein? Was denn für ein Problem?"

Ich schloss die Augen, denn ich führte den uralten Kampf: ich fuhr auf meinem Fahrrad mit voller Kraft auf diese stählerne Windkraftanlage zu, um den Giganten, den ich für ein Ungeheuer hielt, wegzutreten. Vergebens! Gegen Laers destruktive Stoa kam ich nicht an, vor allem auch noch sanchopanzalos. Krach! Mein Bein zerbarst!

Erstmal einen Schluck Kaffee mit diesen geschlossenen Augen – Scheiße! Leer!

Ich öffnete wieder die Augen: sah Laer irritiert und irritierend.

„Vergiss es!" Ich atmete schnaufend aus.

Laertes führte seine Pfeife an die Lippen und sog kurz.

Paff! Eine dicke Rauchwurst wandte sich quellend aus seinem Mund.

Jetzt lokalisierte ich die Irritation!

In meinem Kopf fühlte sich alles griesbreiig an – eine Folge, an die ich durch die Psychopharmaka eigentlich schon gewöhnt war. Meine Augenbrauen zogen sich in Konzentration zusammen. Jetzt mal kurz nicht mit den Gedanken dallern!

Laertes lag rekliniert in den Couchkissen. Vor ihm stand seine ausgetrunkene Cappuccinotasse. Es lagen Streichhölzer, ein Tabaksbeutel aus abgegrapschtem Leder sowie stählernes Pfeifenbesteck neben der Tasse auf dem Tisch.

„Laer, Aller?"

31

„Ja?"

„Seit wann rauchst du?"

„Wie bitte?" Laer lachte.

„Seit wann du rauchst? Und dann noch Pfeife!"

Jetzt grinste er nur mitleidig und in dieses Mitleid schmiegte sich eine Falte unverständiger Zornigkeit.

Ich schnüffelte: es roch nach parfümiertem Tabak und Kaffee. War im Café Y nicht Rauchen verboten? Ich meine: der Nichtraucherschutz galt doch schon jahrelang...

Das Pfeifenbesteck glänzte in einem hereinfallenden Sonnenstrahl.

Laer sog und paffte gechillt.

Ich schnüffelte nochmal. Ja... Tabaksgeruch. Ich musste an meinen Großonkel Heiner denken, der Pfeife gequalmt hatte, als ich noch ein lütter Butscher war und wir zu Besuch kamen. Er war kein *wirklicher, fischköppiger* Norddeutscher (wie definiert sich das?), wäre aber wohl gerne einer gewesen. Er hatte Buddelschiffe und andere maritime Dekoration in seinem Schreibzimmer in Sachsen-Anhalt. Rauchte Pfeife, liebte Musik, trug eine Schifferfräse und Elbsegler und war – wie ich jetzt auch – Journalist und Autor gewesen.

Ja, Onkel Heiner! Wenn du mich jetzt sehen könntest: da sitzt dein kaputter Großneffe mit seinem nur minder anders gearteten Freund am Tische – nicht mal mit Schnaps – und denkt an dich und deine Pfeife! Weil eine Pfeife immer deine Pfeife ist: *Ceci est vraiment une pipe!* C'est toujour ta pipe!

Und dein Samuel, der schreibt und recherchiert und strebt wie du einst, Onkel Heiner! Fraglich bloß, ob dein Neffe so alt wie du – immerhin fast vierundsiebzig Jahre – wird...

Ich hustete.

„Verschluckt?", fragte Laer.

„Nein, Mann – der Qualm! Mach ruhig nächstes Mal 'nen Blunt an!", hustete ich weiter.

„Willst du noch was trinken oder wollen wir los?" Laer schien jetzt genervt.

„Nee, Digger! Lass absteppen!" Gleichsam die Schnauze voll habend.

Wir bezahlten vorne am Tresen, nachdem Laer seine Pfeife in einen Taschenascher ausgeklopft hatte und all den zugehörigen Tinnef in seiner großen Jacke verstaut hatte.

Als ich aus der Tür ging, sah ich darauf den roten Aufkleber, der das Café als Nichtraucheretablissement auswies.

Laer umarmte mich wieder flüchtig, diesmal nur zum Abschied und stratzte einen anderen Weg davon.

Ich blieb noch kurz stehen, sah ihm nach und wunderte mich.

Komisch: Laertes war Stammkunde im Y und jetzt sein flotter Aufbruch? Irgendetwas schien ihm trotz seiner Sonderbehandlung nicht gefallen zu haben…

„Du riechst aber gut!" Tamara lächelte, als sie mich etwas später an der Tür küsste.

„Ja, nach Tabak?"

„Was?" Sie lachte und ergänzte dann: „Nee! Nach Kaffee und Bratkartoffeln!"

Im Café Y gab es eine Küche, die auch ziemlich gut war.

„Findest du, dass Bratkartoffeln – also heißes Fett ja letztlich – gut riechen?", fragte ich sie.

„Ja, schon – kommt drauf an... Deine Klamotten solltest du aber vielleicht doch waschen... Wieso hast du überhaupt die dicke Jacke an? Is' doch viel zu warm draußen!"

„Konntest du den Sonnabend bisher schon schön nutzen?",
fragte mich meine Mutter am Telefon.

„Ja... muss, nä?" Meine Standardantwort konnte ich multilingual.

„Immer sagst du so 'n Quatsch wie ‚muss'! Sag doch mal ehrlich deiner alten Mutter, wie es dir geht!", jetzt wackelte ihre Stimme, „Besonders nach dem, was passiert ist...!"

„Muddi, ich bin ballervoll mit Tabletten, ich habe 'ne neue Scheißdiagnose bekommen, nachdem ich die erste noch nicht mal richtig wechsortiert hatte, was glaubst du wie mir dat geht? Nich' gut geht mir das!"

Knisterndes Schweigen in der Leitung.

Schließlich: „Ich hab' aber auch gefragt, ob du deinen Sonnabend schon schön nutzen konntest."

Okay, stimmt. Mit Müttern argumentieren ist ohnehin synonym zu zwecklos.

„Ja, also ich habe ein bisschen Gitarre gespielt, schön Jazzstandards. Auffer grünen Delfinstraße, nä? Schön paar Septimenakkorde abgegriffen und dabei die Finger verknotet. Und sonst die Wäsche gewaschen. Achso und danach – also nach dem Wäschewaschen – habe ich mal mi'm Besen durch die Wohnung gefegt! Da waren urst viele Wollmäuse, denkt man immer gar nich'! Vor allem so unter der Couch! Da musst ich aber mi'm Handfeger direkt ran, weil unter die Couch langt ja der Besen nich'! Aber naja so mit dem Putzen ist das ja auch –"

„Okay, so genau wollte ich das denn auch nicht wissen", unterbrach mich die Mama nun.

„Nich'?", fragte ich scheinheilig nach.

„Mensch, Samuel!", Verzweiflung jetzt, „Kannst du dir nicht denken, dass ich mir als Mutter um dich Sorgen mache?"

„Doch, Muddi! Aber is' doch alles in Ordnung! Ich kann zu dieser Halluzinationsscheiße erstmal nichts sagen, aber Tamara ist doch hier und passt auf mich auf!"

„Aber wenn dir was passiert deshalb?"

„Wat soll mir denn passieren?"

„Na, wenn du zum Beispiel auf die Straße läufst, weil du glaubst es kommt *kein* Auto!"

„Wat?"

„Na, kann doch sein! Oder du aus dem Fenster fällst, weil du siehst, dass da 'ne Treppe sei!"

„WAT?"

„Ja, kann doch sein!"

„Muddi, das' alles Quatsch!"

„Nein! Kein Quatsch! Oder wenn du anfängst dir die Finger abzubrennen, weil du sie für Kerzendochte ansiehst!"

„ACH, NU' HÖR ABER AUF!" Ich war lauter als gewollt.

„Ich mache mir doch bloß Sorgen!"

„Muddi, mach dir mal keinen Kopp, ja? Wir kriegen das schon hin und ich bin doch in bester Behandlung."

„Okay…" Das kam kleinlaut nach einer Pause.

„Was hast du denn auf der Gitarre gespielt?"

Aha, jetzt schob die Mama Smalltalk nach.

„Hab' ich dir bereits gesagt."

„Wirklich?"

„Ja!"

„Und was war das nochmal?"

„On Green Dolphin Street."

„Was ist das?"

„Jazz."

„Kenn' ich nicht!"

Ich pfiff die ersten vier Takte bis nach der Triole zu den ganzen Noten.

„Ah, doch kenn ich!"

„Siehste!"

„Und is' das schwer?"

„Geht so, Muddi. Bin ja kein Anfänger."

„Ich bin so stolz auf dich." Wieder wackelte ihre Stimme.

Ich schnaufte. Das Telefonat – so sehr es mich auch just berührte – war ziemlich anstrengend.

Vor allem für einen Sonnabend, an dem ich neben der Haushaltsarbeit gut in den Tag reingelebt hatte und für mich was geschafft hatte.

Tamara hatte sich früh mit einer Freundin zum Kaffee verabredet und war außer Haus.

Ich hatte meinen Frieden und meine Selbstbesinnung um mich gehabt, bis das Telefon um viertel zwölf vormittags geklingelt hatte.

„Danke Mama!", antwortete ich auf die Mutteremotion, „Bitte sorge dich nicht um mich, okay?", schob ich jetzt nach.

„Okay! Nur… du mit deinen jungen Jahren und dann –"

37

„Apropos Alter!", würgte ich ihren nächsten Ausbruch ab, „Papa hat doch bald Geburtstag, nä?"

„Ja."

„Sach ma'… Mara und ich würden ihm – und dir dann natürlich mit zu – gern Karten für das David-Bowie-Musical schenken!"

Ich hörte die verzückte Rührung in der folgenden Stille.

„Aber… Das ist doch viel zu teuer!"

„Muddi, bidde! Du liebst doch Bowie!"

„Ja, das is' richtig, aber Papa… Naja… Bowie ist nicht so sein Ding…"

War mir natürlich bewusst. Mein Vater stand mehr auf älteres Zeug. Stones und so.

„Meinst du denn aber nicht, dass er sich dennoch darüber freuen würde?", fragte ich nach.

„Na, doch bestimmt!"

„Ja, Muddi – zu deinem Geburtstag gab's die Karten noch nich', sonst hättest du die schon bekommen."

„Na doch, ich denke Papa freut sich auch darüber!"

„Okay, dann besorgen wir die. Papa macht da ja eh so, wie es dir auch genehm ist!"

„WAS?" Jetzt war sie lauter, als sie es wohl gewollt hatte.

„Na… Äh… Papa nimmt sicher Rücksicht auf dich!"

„Samuel! Das ist jetzt aber Quatsch! Wenn es hier nach mir gehen soll, dann ist das wohl verfehlt zu Papas Geburtstag."

Ich hatte noch nie den Eindruck gewonnen, dass mein Vater zu Hause den Ton angab. Das tradierte Bild des Vaters als Herrscher des Hauses schien mir von jeher veraltet und fiktiv, wie das Bild des Jupiters als Obermacker der römischen Götter.

„Okay, okay! Nee, wir dachten nur, dass das gut passt!"

„Ja... Passt es vielleicht auch... Aber, wenn es nach mir gehen soll, dann besorgt lieber was anderes!"

Ich schnaubte erneut... Für meinen Vater Geschenke finden kam mir mitunter auch schwieriger vor, als Nahost-Diskussionen zu führen. Die Musicalkarten kamen da so bequem zu Pass.

„Alles klar, Mama... Wir überlegen noch mal... Aber die Karten sind ja eigentlich gut..."

„Denk nur dran, dass das bald ist!"

„Ja, klar! Ich weiß doch Bescheid!"

„Alles klar, Sammy! Dann pass bitte auf dich auf! Ich muss jetzt auch mal weiter machen!"

„Ja, Mama... Mach ich! Lass' dir gut gehen!"

Sie lachte: „Naja... *Ich* muss ja arbeiten... Also, bis bald!"

„Tschüs!"

Tastedrück!

Ich wischte mir den Schweiß von der Stirn und nahm einen großen Schluck Tee. So viel Telefonistenarbeit hatte ich lange nicht mehr erledigt. Das war der Überhausmannmodus!

Wäre ich jetzt Raucher, wie neuerdings Laer, hätte ich mir wohl erstmal eine angebrannt, aber ich bin ja das Tablettenopfer – also noch 'nen Schluck Tee!

So viel Stress und das um so viel Klimbim!? Der Geburtstag war dahingehend ja noch das Wichtigste.

Mein Vater verdiente ein cooles Geschenk. Wenn doch nur in seinem abwehrenden Desinteresse eines Geschenkwunsches gegenüber nicht gleichsam so viel Unmöglichkeit fahren würde!

Man kann ab einem gewissen Alter eben nicht mehr gemalte Bilder und gebastelten Müll schenken. Und man kann ab einem gewissen Alter nicht ganz ohne Selbstgesichtsverlust Aussagen der Eltern ignorieren, die meist so daherkommen wie: „Ach... du brauchst mir doch nichts schenken!"...

In dieser Haltung war Vaddern vielleicht doch der Herrscher in seinem Umkreis... Keine Ahnung... Passte noch immer nicht...

Ich kuckte aus dem Fenster: erstmals seit Wochen war das Wetter durchgehend schön an diesem Sonnabend – keine Wolke zog über die Himmelsflur – und ich hockte in der Bude, musizierte und putzte... und telefonierte...

Die Amseln rülpsten bereits draußen von den Zweigen runter und ihr Singen bohrte sich ins Herz, ob man nun wollte oder nicht. Immer wenn die schwarz gekleideten Dudes ihre lütten Schnäbels öffneten, wurde ich Wackelpudding: weich, durchschaubar und kindlich. Zumindest, wenn es mir auffiel, dass die ihren Schnabel aufmachten, um so schön zu singen. Oft fiel mir das natürlich nicht auf.

Überhaupt fiel mir nicht mehr viel auf – besonders seit den starken Tabletten.

Und dann diese Behauptung der Ärzte, dass mir bald Sachen auffallen würden, die gar nicht da waren...

Noch immer war das alles unbegreiflich. Wie die Schönheit eines nicen Amseltunes.

Als Tamara nach Hause kam, saß ich über meinen Laptop gebeugt und tippte weiter meine ominöse Geschichte.

Ich war dazu übergegangen meine Schreibarbeit – quasi als Arbeitstitel – *Affenprosa* zu nennen. Das passte erst mal ganz gut. Die merkwürdigen Sätze, die mein Computer ertragen musste, erschienen mir als das, was bei dem Infinite-Monkey-Theorem zuerst entstehen würde, bevor Shakespearewerke herauskämen. Nur war ich mir nicht sicher, ob das nicht schlussendlich Affen abwertete, was mir leidgetan hätte und nicht in meinem Sinn gewesen wäre.

Nun doch von der Klinik zu schreiben strengte mich an und machte mich auch traurig. Dennoch: in all der Mühe, diese Scheiße zusammenzufassen, lag dann plötzlich – je Sachverhalt – ein Momentum der Erlösung. Ein Über-den-Berg-Kommen. Ein Loslassen.

Diese Befreiungssubstitution suchte ich jetzt fahrig wie eifrig.

Die Affenprosa, die dabei entstand, erschien mir für sich selbst gesehen – gelinde gesagt – abstrus. Ich maß ihr nicht zu viel literarischen Wert bei. Wohl aber half sie mir.

Das Geschriebene beulte die deutsche Sprache bedenklich aus. Die Sätze waren leere Bierflaschen, kaputtgeschmissen. Die Scherben, so wie sie zum Fallen kamen, die syntaktische Anordnung. Über meine Emotionen zu schreiben kam mir falsch und lächerlich vor, aber ich konnte es nicht unterbinden. Also maskierte ich diese immer mies hinter der Larve der Zynik. Der Handlungsbogen in meiner Epik hatte bereits früh die X-Achse geschnitten und hing durch wie ich früher in der Uni nach einem Kneipenabend.

Deshalb war ich auch so lange ein bequemer Lyriker gewesen. Da war es schön einfach, jeden noch so kruden Ausdruck als ästhetisch rechtfertigbar stehen und eine Handlung gänzlich außen vor zu lassen.

Doch ich wollte es mir auch nicht mehr so leicht machen. Daher die Affenprosa. In sich als Begriff schon Unfug, im Inhalt auch, es blieb nur der Respekt vor den Tieren und die Schreibtherapie schlussendlich. Diese Prosa aber nun ging voran.

Tamaras Gesicht strahlte gutlaunig, als sie ihre Tasche in der Küche abstellte.

„Wie war's Kaffeetrinken?", fragte ich.

„Super! Schoschana lässt dir Grüße ausrichten!"

„Ja, danke!"

Ätzend, diese Bohemiencaféabhängerei: der Zombiekadaver von Oscar Wilde kam grad mi'm TGV direkt aus Paris und beansprucht sein Dandytum zurück...

Auch ich selbst war ja nicht besser. Ostdeutscher Filterkaffee tat es ja auch. Ich hatte einen Pott neben meinem Laptop zu stehen.

„Schoschana hat auch von sich verteilt: ihr geht es ganz gut."

„Ach, schön!"

„Du, Sammy – da fällt mir auch grad ein..."

„Ja...?" Ich zog fragend nach, da Tamara sich selbst verlangsamte.

„Du... hast doch gleich am Montag 'nen Termin beim Lowinchen, oder?"

Ich lachte. Jetzt fiel es mir auch wieder ein. Zum Glück dachte Tamara mit. Sie war ein Orgagenie.

„Ja! Stimmt!", gab ich zurück.

Das Lowinchen war meine Psychotherapeutin, Frau Doktor Lowag.

Lowine, das ist Masematte für *Bier*. Tamaras Schwester wohnte jetzt in Münster, wo man diesen speziellen Regionalslang der alten Gaunersprache Rotwelsch einst gesprochen hatte, bevor die Sprechenden in deutschen KZs umgebracht wurden. Zur Weihnacht hatte ich ein Buch über die Masematte bekommen.

Und da ich der Lowine nun keinen Trinktag mehr in der Woche widmen konnte, eben ein Mal die Woche zu ihr in die Sitzung gehen...

Is' aber wirklich so: jovel Lowine und Schabau picheln, als Schickermann 'nen toften Lenz hegen, mit hamel Jontev den Schero machullen, die Tiftel aussem Dörp holen. Aber tschi oser – lau lone: nur noch Schokelmai für den Samuel! Davon aber hamel! Ömmes: tofte wat achilen war noch zu makeimern – jedoch hamel schickern... lau oser!

Obwohl ich mich schon fragte, ob eine solche Bierzuordnung der Frau Doktor gerecht wurde... denn bitter war sie nicht, sondern eine wichtige Hilfe in meinem Leben geworden.

Mein Leben, das plötzlich so merkwürdige Wege zu gehen pflegte. So blieb das Lowinchen eben nicht mehr als ein dümmliches Wortspiel, was sich mit klebriger Penetranz in die Alltagssprache von Tamara und mir eingezeckt hatte. Und je mehr ich darüber nachdachte, umso dümmer kam es mir vor. Aber so ist das eben mit Dummheiten. Die bleiben im Gedächtnis...

„Ja – danke für's Erinnern! Ich hab den Termin im Handy gespeichert! Du, noch wat anners, Mara!"

„Ja?"

„Ich hab vorhin mit meiner Mudder telefoniert."

„Ja, und?"

„Und wir haben uns über die Karten vom Bowie-Musical unterhalten."

„Ja und findet sie das gut?"

„Sie selbst schon, nur wie ich schon vermutet hab': sie sagte, dass mein Papa eben nich' so viel mit Bowie anfangen kann."

„Und nu'?"

„Ja, sie meinte wir sollen ma' so machen wie wir denken. Also würde ich sagen, dass wir einfach zwei Karten besorgen!"

„Sagst du?"

„Ja, sach' ich!"

„Und das ist denn auch okay für deinen Vater?"

„Du weißt doch wie dat dann immer is'?"

„Nee... wie denn?"

„Na... Erst kommt die bequeme Skepsis und nach der Überwindung derselben kommt die glückliche Reue in der Einsicht der eigenen Misseinschätzung."

„Soll heißen: wird dann doch meist gut, wenn man das einfach macht und hingeht?" Tamara hatte jetzt eine Augenbraue hochgezogen.

„Ja, genau – das meine ich!"

Plötzlich grinste sie superbreit – schönes Lächeln! Und sie zog aus ihrer Tasche am Küchenboden ein Kuvert heraus, öffnete es: zwei schöne Hochglanzeintrittskarten zum David-Bowie-Musical in einer großen Stadt in der Nähe der unsrigen.

„Wow! Du hast die Karten schon besorgt?"

Tamara sagte nichts und lächelte nur.

„Aber woher wusstest du, dass die das nun sein sollen? Wir waren uns doch unsicher! Ich hatte doch gesagt, dass ich mit meiner Muddi erst telefonieren will – dass ich zwar kein Problem vermute, aber –"

„Dann hättest du das gleich sagen können! Naja... ich wusste es ja schließlich auch so!", unterbrach sie mich.

Stimmt: Ist das wenigstens erledigt! Ich nickte also, als Mara die Karten wieder in ihre Tasche gleiten ließ.

„Was machen wir denn heute noch so?", fragte ich etwas später nach einer Quasselpause. Tamara hatte sich mit einem Tee zu mir an den Küchentisch gesetzt.

„Na, is' Sonnabend. Wir können chillen! Und morgen auch noch mal! Ich hab das nach der ganzen Scheißarbeitswoche auch dringend nötig!"

Ich nickte wieder. Ich hatte keine Arbeitswoche hinter mir und leistete nicht annähernd so viel wie Tamara, aber auch ich hatte keine gewöhnliche Woche hinter mir, besonders vom Start her – da kam mir ihr Vorschlag schon sehr gelegen.

Kapitel 04 – Eine Möwe über dem Leben der Stadt

Der Montag kam mit Süße. Ungewöhnlich. Sonst pflegt der ja sich den Arbeitenden eher mit Kotzegeschmack morgens im Maul anzukündigen. Mir war er Erhabenheit an diesem Morgen. Mag an der Chilligkeit des Sonnabends und Sonntags gelegen haben, oder eben an dem Fakt, dass ich noch nicht wieder zu diesen Arbeitenden gehörte. Wenn man von Musik und der Affenprosa absah, die natürlich auch Arbeit waren, aber niemand (ich selbst auch nicht) sie so nennen wollte oder konnte.

Tamara war schon längst wieder zur Maloche gefahren, ich stand nach Kaffee und Affenprosa vor dem Spiegel und rasierte mich. Die letzten Sitzungen bei Frau Doktor Lowag waren schon anstrengend gewesen: viel Gemöhle in meiner Kindheit und Jugend. Doch waren diese Sitzungen vor meinem letzten Klinikaufenthalt gewesen. Wie anstrengend sie jetzt wohl würden, vermochte ich mir gar nicht auszudenken.

Ich stieg aufs Fahrrad und begab mich in die allgemeine Lebensgefahr als Radler im Berufsverkehr. Nahtoderlebnisse noch vor zehn Uhr.

Das Lowinchen hatte ihre Praxis in einem fetten Neubau am Hafen. Groß und kalt schaute der Klotz auf mich herab, als ich mein Rad anschloss. In exklusiven Lagen konnte man Häuser bauen, die sich DDR-Architekten aus den Sechzigern geschämt hätten den Stadtbildern zuzumuten.

„Herr Rall! Schön, Sie wiederzusehen!" Frau Lowag war wie immer freundlich, ohne gekünstelt zu wirken, doch sah ich ihr auch ihre Sorge sofort an. Mehr als wohl jeder andere Mensch – abgesehen von Doktor Böhmer vielleicht – wusste sie um den Ernst der Situation.

„Kommen Sie rein!"

Zehn Minuten später saß ich mit einem Glas Wasser ihr gegenüber (ich hatte etwas Angst noch mehr Kaffee anzunehmen, damit ich nicht zu nervös wurde).

„Wie geht es Ihnen?", fixierte sie mich und sah dabei so aus, dass klar war, dass sie Storys nicht dulden würde.

„Müsste eigentlich scheiße sein, aber momentan hilft es, dass ich nicht arbeiten muss und das gute Wetter."

„Ja, das glaub ich!" Sie notierte auf ihrem Klemmbrett.

Wir sprachen über die Klinik. Sie notierte.

Wir sprachen über die Tabletten. Sie notierte.

Wir sprachen über die Halluzinationen. Jetzt notierte sie nicht mehr, sondern sah mich an.

„Ich habe bisher noch keine Halluzination erlebt. Es ist alles wie immer!", berichtete ich ihr.

„Alles wie immer?"

„Ja!"

„Nichts Besonderes erlebt?"

„Nein, also ich hab' nichts gesehen oder gehört oder so – was der Realität zuwider liefe."

„Herr Rall, das ist nicht die Antwort auf meine Frage."

„Wie bitte?"

„Meine Frage war, ob sie etwas Besonderes erlebt haben!"

„Wie definieren Sie *besonners*?"

Ich schämte mich, diese Rückfrage gestellt zu haben und meinte es nicht mal böse oder klugscheißend. Ich wollte nur so wenig falsch wie möglich antworten.

Das Lowinchen war eine ausgebildete Fachkraft auf ihrem Gebiet und zurecht entsprechend bezahlt. Hier wollte ich nicht rumdallern, sondern korrekt und hilfreich zuarbeiten, denn schließlich half sie mir – nicht umgekehrt.

Frau Doktor Lowag lächelte leicht, doch es verbarg nicht gänzlich etwas Genervtheit: „Jedwede Halluzination wird Ihnen nicht in der Primärwahrnehmung wie etwas Ungewöhnliches vorkommen, sondern gänzlich real. Das heißt aber, dass Sie alles hinterfragen müssen. Einordnen. Immer erst im zweiten Schritt erkennen Sie: hier ist etwas, was klar wahrgenommen wurde, was aber nicht in den Alltag gehört, den Sie kennengelernt haben."

„Achso?"

„Ja."

„Wie... Dat heißt: ich sollte jede Konditionierung reflektieren?", fragte ich nach.

„Wenn Sie das so benennen wollen, ja."

„Sinneserkenntnis kann nur in Relation zur empirischen Matrix des bisherigen Lebens verifiziert werden – also als wahre Erkenntnis gelten?"

„Ich verzichte mal darauf, mit Ihnen die Grundsatzdiskussion, was *wahre Erkenntnis* denn ist und ob es sie überhaupt geben kann, zu führen und sage der Einfachheit halber: ja." Oha, auf Diplomatie und Epistemologie verstand sich Frau Doktor Lowag auch.

„Mhmh...", machte ich. Und weiter: „Das heißt dann aber auch, dass sich meiner Erkenntnis nach Menschen und Umgebung nicht verändern können."

„Das heißt es nicht – denn Menschen verändern sich definitiv! Die Umgebung verändert sich!"

„Alles verändert sich...", brabbelte ich jetzt fast dazwischen.

„... wenn du es veränderst!", ergänzte Frau Doktor Lowag lächelnd die Textzeile. Wow! Gute deutsche Bands kannte sie auch!

„Um Ihre Nachfrage zu beantworten...", fuhr sie nun fort, „Natürlich werden Sie Schwierigkeiten haben, reale Veränderungen von fiktiven zu unterscheiden. Aber in diesem Fall müssen Sie immer nachfragen oder einen zweiten Sinneindruck hinzufügen. Die Nachfrage gibt Ihnen einen weiteren Erkenntnisweg, den Sie einordnen können!"

„Und wenn ich auch die Antwort halluziniere?", fragte ich plötzlich fröstelnd.

„Das kann natürlich immer sein, aber Sie verringern die Wahrscheinlichkeit, dass Sie einer Täuschung obliegen. Und um so viel Philosophie vorab zu bedienen und doch die Grundsatzdiskussion zu stempeln: eine hundertprozentige Erkenntnis der Wahrheit kann es ohnehin nicht geben! Auch nicht, wenn Sie *nicht* halluzinieren."

„Äh... okay!"

„… Also?"

„Wat?"

„Sie haben meine Frage noch nicht beantwortet."

„Äh… welche nochma'?"

„Haben Sie innerhalb Ihrer Alltagswahrnehmung und -reflexion etwas festgestellt, was dort nicht hingehört?"

„Nee… Ich denke nicht!" Ich stammelte.

„Sind Sie sich dessen sicher?"

„Naja… ja…" Ich stammelte noch mehr.

Kälte drang nun in meinen Körper ein. Eine Klemme drückte sich für einige Sekundenbruchteile an meine Aorta und ein kalter Schweißguss erblühte auf Rücken und Brust meines Nickis. „Einer meiner Freunde hat angefangen zu rauchen", flüsterte ich.

„Das ist in Ihrem Alter schon etwas ungewöhnlich, oder?" Frau Lowag fragte unbeweglich.

Naja, das stimmte schon… man startete seine Krebskarriere doch etwas früher, oder? So etwa zehn, fünfzehn Jahre früher?

„Und er hat auch noch angefangen Pfeife zu rauchen."

Das Lowinchen hob die linke Augenbraue: „Niemand unter fünfzig raucht heute noch Pfeife, abgesehen von gescheiterten Nostalgikern, die desillusioniert in und von der Großstadt sind und exzentrischen Künstlern, denen Kokain schnupfen zu angepasst ist", präzisierte sie.

Mhmh… das war schon wieder schwierig. Laertes passte in beide Gruppen.

„Glauben Sie, dass das eine Halluzination war?" Der Kaltschweiß lief jetzt an meiner rechten Schläfe herab.

„Sie haben Ihren Freund rauchen sehen?"

„Ja."

„Haben Sie nachgefragt?"

„Was nachgefragt?"

„Na, ob Ihr Freund da gerade Pfeife raucht?"

„Ähm... nein... ich glaube... ich habe nur gefragt, seit wann er Pfeife raucht."

„Das ist keine direkte Nachfrage zur Situation."

„Nein."

„Demzufolge haben Sie keine wirklich belastbare Verifikation zu Ihrem Sinneseindruck?"

Ich schwitzte noch mehr, als mir einfiel: „DOCH! Ich habe den Tabaksqualm gerochen!"

„Herr Rall, auch das ist nicht belastbar. Klar begreifen wir Halluzinationen vor allem visuell, aber die Autosuggestion in einer reizdurchfluteten Gegend aufgrund eines Sinneindrucks funktioniert gerade bei psychisch angeschlagenen Menschen sehr sicher. Des Weiteren hat man Sie in der Klinik nicht weiter zu Halluzinationen unterrichtet? Es gibt neben optischen Halluzinationen auch olfaktorische – genauer: bei einer solchen Geruchswahrnehmung spricht man dann von *Phantosmie*."

Ich schwieg. Ich wusste nicht mehr en détail, was mir Doktor Böhmer alles vertellt hatte.

„Sie haben also keine direkte Verifikation Ihrer Sinneswahrnehmungen!"

„Hab' ich nich'?" Mein Hals war zugeschnürt.

„Nein. Fragen Sie grundsätzlich immer direkt das nach, was Sie zu sehen oder fühlen oder riechen oder auch immer glauben, Herr Rall!"

„Und... und war das nun eine Halluzination?"

„Herr Rall – das kann ich Ihnen nicht sagen. Definitiv ist es aber ungewöhnlich. Fragen Sie bei Ihrem Freund noch einmal nach!"

Mein Blick wandte sich nach innen und suchte dort ein Bild von Laertes. *Das* Bild von Laertes. Die Onkelheinerpfeife in der Fresse. War das Bullshit? Mein Hirn krampfte sich und stockte hustend in der Kurzüberlastung:

Ich hatte wirklich keine Ahnung, ob das Quatsch war oder mein Genosse in der Verrücktheit nicht nun doch angefangen hatte, sich mit Anfang dreißig ein Laster zuzulegen, das man nicht erwartete.

Ich nickte zur Proposition des Lowinchens und spürte solche Angst auf meiner Brust hocken, dass mir übel wurde.

Ich wollte doch nur meinen Frieden, meine Ruhe! Glücklichsein wäre natürlich auch toll. Doch mehr noch als durch die Scheiße zum Glück zu waten, hätte ich lieber meine Ruhe und meinen Frieden gehabt. Wie gerne hätte ich mich nicht mit mir selbst auseinandersetzen müssen!

Doch wenn ich mich nicht mit mir auseinandersetzen müsste, so hätte ich das bestimmt mit irgendjemand anderem tun müssen.

Es nütze alles nichts.

„Ich werde nachfragen." Meine Stimme hörte ich selbst kaum.

Frau Doktor Lowag verstand ihre Arbeit. Sie führte die Therapiesitzung weiter. Auf dem Zenit der Angst – auch ein toller Name für ein Buch oder Film; einen Krimi auf jeden Fall – drehte sie das Gespräch in eine andere Richtung, um meiner sichtlichen Belastung entgegenzusteuern. Jetzt ging es um meine Depressionen.

Hey! Guuude Lauuuneeee! Dass das zur Entlastung taugte überraschte mich selbst, aber – ich wiederhole mich – Frau Doktor Lowag verstand ihre Arbeit.

Die Frage, ob ich in den letzten Tagen depressive Episoden hatte, verneinte ich.

„Glauben Sie, dass die depressiven Episoden wiederkommen?", hakte sie nach.

„Glauben Sie, dass hier in der Stadt Möwen fliegen, kreischen, Essen stehlen und hinschietern werden?" Das war frecher als ich eigentlich antworten wollte, doch Frau Lowag blieb cool wie grad noch die See.

„Ja. Ich vermute, Sie deuten damit an, dass Sie die depressiven Schübe als sicher ansehen… Als natürlich gegeben quasi…"

„Entschuldigen Sie, Frau Doktor… Das war wohl etwas unhöflich, ich wollte –"

„Alles gut, Herr Rall! Sie sind wenigstens nicht emotionslos. Das ist alles positiv."

„Isses?"

„Ja, sogar sehr. Passive Ignoranz wäre viel fataler!"

„Achso?"

„Ist so. Aber um Ihre Möwenmetapher wieder aufzugreifen, Herr Rall: mögen Sie Möwen?"

„Ja, sicherlich."

„Glauben Sie, die Möwen ergehen sich in Grübelschleifen und dystopischen Gedanken?"

„Nein, natürlich nicht. Ich versuche zwar nun kein Speziesist zu sein, doch muss ich sagen, dass der Gedanke, dass Möwen depressiv seien, recht absurd ist, alleine weil es Tiere sind."

„Tiere können doch auch Stress empfinden, Verhaltensstörungen aufweisen. Warum nicht auch Depressionen?", konterte Frau Lowag gnadenlos.

„Ja... doch stimmt... Aber ich glaube, die meisten Möwen sind nicht depressiv."

„Wie kommen Sie darauf?"

„Na... Die klauen nervenden Touristen die Fischbrötchen, schreien rum wie sie wollen... Halten sich an keine Regel, können hervorragend fliegen. Finden Sie nicht, Frau Lowag, dass das ein tolles Gefühl sein muss?" Jetzt war es an der Zeit von mir zu kontern!

„Ja... doch stimmt...", HA! DA GAB SIE'S ZU! „Aber um meine Reflexionen geht es hier nicht, Herr Rall!" Och, Mensch...

„Pardon!"

„Alles gut. Sie mögen also Möwen und Sie glauben, dass Möwen zumeist ein depressionsfreies Leben leben?"

„Ja."

„Herr Rall, könnten Sie nicht versuchen eine größere Leichtigkeit, wie die einer Möwe, zu leben?"

Ich verzichtete darauf nachzufragen, ob ich dann überall hinscheißen solle.

„Versuchen Sie eine verlachende Distanz zum Leben aufzubauen. Und das meine ich nicht verächtlich, sondern erheitert und sorgenfrei. Versuchen Sie einen Metablick aufzubauen. Blicken Sie von oben auf Ihr Leben herab. Drehen Sie statt Grübelschleifen im Kopf elegante Flugmanöver über dem Leben. Seien Sie eine Möwe über dem Leben der Stadt! Dann können Sie vielleicht sogar für einige Momente vergessen, dass das Ich Ihres Selbst in dieser Stadt eine für Sie so dominierende Rolle spielt."

Das klang jetzt esoterischer, metaphorischer und verrückter als es eigentlich war. Ich verstand, was Frau Lowag meinte. Bloß eine Verbildlichung musste immer nur unzureichend bleiben. Fürderhin war das eine Verbildlichung, die ich in ihrer maritimen Realschlichtheit akzeptieren konnte. Die lebenspraktische Umsetzung stand auf einem anderen Blatt.

Als ich eine Viertelstunde später mein Fahrrad am Hafen im Schatten des Betonklotzes aufschloss, sah ich, wie eine Möwe präzise bei gleichzeitig hoher Geschwindigkeit über den Fluss zischte und musste müde lächeln ob so viel Voraussehbarkeit, wie die Möwe eine Draufsicht haben musste.

Erst am Mittwoch fand ich die Kraft Laertes zu schreiben. Tamara hatte ziemlich zu tun gehabt, mich etwas aufzufangen, nachdem ich in dem beschissenen Zenit der Angst nach Hause kam, dass ich via Laertes meine erste Halluzination gehabt hätte. Nur – wie sicher war das? Es war wahrscheinlich, aber noch nicht verifiziert – also fragen.

Ich griff das Handy, öffnete meinen Messenger und schrieb an Laertes:

Ey digger. Ich muss dich noch was wichtiges fragen. Schreib ma zurück, wenn du das liest.

Handy weggelegt. Zurück zum Laptop.

Die Affenprosa war mittlerweile wütender geworden, als ich es vermutet hätte. Noch immer stakten die Sätze wie vertrocknete Dornen aus dem, was eine sinnige Storydramaturgie hätte sein sollen.

Die Wut war im gesamten Duktus manifestiert, die wörtlichen Reden machten mir Angst und die Verwahrlosung der Sprache hatte ich trotz aller Mühe und allem Gegenhalten nicht verhindern können.

Die Personen aus dem Romankrüppel starrten mich mit traurigen Riesenaugen an, denen Iris und Pupillen fehlten. Weiße

Äpfel, unbeschrieben, aber mit oben außen einknickenden Augenbrauen.

Dennoch hinter all der Angst, die aus meinem Leben in dieses Geschreibsel floss, formte sich etwas, was ich später *die Gerechtigkeit des Geschriebenen* nannte. Die Gerechtigkeit des Geschriebenen äußerte sich in meinem Kosmos darin, dass es nicht das eingebrachte Talent (also anders gesagt die ohnehin nie messbare Qualität) oder der Inhalt des Geschriebenen waren, die einen Text von Bedeutung hervortreten ließen, sondern deren Grad der Verwebung in die Zeit, in die Umstände, in die Emotionen, in die Realität (auch die Fiktionalität wurde ja mit dem Schreiben Realität) des oder der Schreibenden. Wenn es verständlicher wäre, könnte man sagen: die Zeitgeistizität des Geschriebenen misst ihre Kulturdurabilität.

Gift und Galle flogen über mich hinweg, denn die Literaturwissenschaftsausbildung der Universität wollte mich mit einer neunschwänzigen Peitsche treffen, auf deren jedem Riemen geschrieben stand: „Löse Autor und lyrisches Ich, du Sau!", doch ich war zu unbedeutend und eingesunken in meiner Traurigkeit, als dass mich weder Peitsche noch Giftgalleregen treffen konnten.
Gerechtigkeit versprühte dieser Ansatz, meine Literatur zu behandeln, deshalb, weil ich mich statt nur verrückt und privilegiert zu sehen, jetzt verrückt und gebraucht erkannte.
Gebraucht zu werden erschien mir dabei gerecht.

Natürlich war ich noch immer privilegiert und ich wusste, dass ich bewegungslos vor Überfluss war, doch ich war auch das, was eine Gruppe von Österreichern einst „ein trauriger europäischer Geist" genannt hatte. Wie so viele Seelen meiner Generation, die am Scheideweg zwischen *Vergangen* und *Zukünftig* vergessen wurden.

Besonders viele aus dem Osten.

Nicht, dass ich einem irrationalen Ruf der gefaketen Nostalgie gefolgt wäre, nicht dass ich mich dem Rufen des Übergangenwerdens angeschlossen hätte – ich hasste die Rufenden alle, aber so richtig – vielmehr kam es mir vor, dass es wohl persönlich mit mir zu tun hatte und dass jedwede Seite, die es so gab, versagt hatte, mich als Mensch in einen sinnvollen Gemeinschaftszusammenhang einzubinden, trotz meines guten Willens.

Dass ich fortgeworfen wurde, bevor ich überhaupt etwas tun konnte, bevor ich überhaupt beweisen konnte, dass ich ein guter Mensch sein konnte, hatte mir die Ratio gebrochen und daraus her rührte das Ungerechtigkeitsempfinden. Daraus rührte auch so etwas wie Hass. Meist jedoch rührte daraus her eine alles lähmende Traurigkeit.

Gebraucht zu werden – und sei es nur von mir selbst, dem Schreibenden – das war jetzt Genugtuung.

Diese Art der Genugtuung zusammen mit dem erlösenden Momentum nach der Klinik machte die Arbeit für mich so wertvoll und fruchtbar.

Die Figuren meiner Geschichte indes machten, was sie wollten:

Kaum hatte ich eine auf Linie gebracht und sie in einen Zusammenhang der erhofften Handlungsentwicklung gestellt, da twerkte die andere an der Ecke zu Musik, die in dem Werk überhaupt nicht vorgesehen war. Kaum war der Antagonist – der in dem biographischen Milieu des Textes ohnehin niemals glaubhaft in dieser Rolle existieren konnte – etwas schädlich gezeichnet, da schenkte er plötzlich – als ich wegsah – dem örtlichen Kindergarten einundsiebzig Plüschponys und überwies fünftausendeinhundertvierundsiebzig Złoty an eine Organisation, die Orang-Utans schützte. Und kaum hatte die eine Figur aufgehört zu rauchen, weil die fünfziger Jahre eben nun mal vorbei waren, da begann ihr Nachbar Misogynie zu verbreiten, die ich aus meinem Werk aus Überzeugung raushalten wollte und deren entschiedener Gegner ich war.

Kurzum: es war eine Plotkatastrophe.

Apropos: Aufhören mit Rauchen – ich griff das Smartphone neben meinem Laptop.

Ja? Was gibt's denn? Du hättest doch gleich schreiben können?!

Unglaublich, wie Laer sogar in einem Scheißmessenger korrekte Interpunktion wahrte. Vom Vorwurf mal ganz abgesehen.

Ja wollt kucken ob du da bist. 😊

Aus Angst, dass er tatsächlich da war, drückte ich schon auf senden, statt mehr zu schreiben.

Fast in der Hoffnung, dass ich das Handy wieder weglegen konnte und weiterarbeiten und mich nicht in diesen Stress begeben zu müssen, sah ich dann doch, dass die Nachricht sofort gelesen wurde und ich sah das Symbol, dass Laertes begonnen hatte auf der anderen Seite an seinem Handy zu tippen. Scheiße.

Ich bin da. Was gibt es denn? 😶
    Ja also.. Neulichs im Y – im cafe hast du da geraucht?
Was?
    Ich habe gesehen dass du geraucht hast

Es blieb jetzt mindestens zwei Minuten stumm im Chat. Wie in Apathie starrte ich das Display an. Meine Knöchel traten weiß zutage in der Umklammerung des Handys.

Im Café Y ist Rauchverbot.
    Ixh weiß -hast also nich grauht?

Meine Finger zitterten: ich hatte meine Nachricht sofort nachgehackt.
Laertes sah meine Nachricht, aber eine Antwort blieb aus.
Minutenlang stierte ich auf den Gegenstand in meiner Linken.
Ich schrieb noch zwei nachfragende Messages an Laer. Die Lesebestätigung blieb aus. Diese Kommunikation war erloschen. Vorerst?

Mein Hintern war nicht fähig ruhig zu sitzen, als ich nach zwanzig Minuten einstaubendem Lauern am Mobiltelefon versuchte, mich wieder auf die Schreibarbeit am und im Laptop zu konzentrieren.

Was würde das Lowinchen wohl sagen? Gescheitert die Hausaufgabe der Nachfrage! Was würde Popper wohl sagen? Keine Möglichkeit der Falsifikation meiner Entdeckung!

Ich zwang mich wieder in die Welt meiner Arbeit. Die Gerechtigkeit des Geschriebenen salbte sich langsam doch stetig zurück in meine Stimmung, je mehr Sätze ich in den Laptop warf.

Nun schrieb ich also so stark Jetztgefärbtes. Durchnässt vom Ego. Ich redete von Zeitgeist, wo ich doch die Pflänzchen des Anachronismus' ständig bereit war zu kultivieren, sofern sie meiner Stimulanz dienlich waren.

Das Schreiben war Beruf und Berufung. Beides in zwei Tätigkeiten. Wie bei Onkel Heiner vielleicht?

Digger, der Kopp von Onkel Heiner tauchte in meinen Gedanken auf!

Nein! Ich war bereit, kein gutes Haar an meinem Geburtsdeutschland zu lassen! Die Einheitspartei kam mir noch nie anders vor als ein Organ, das im besten Fall lächerlich war, zumeist jedoch gescheitert am Menschlichen – letztendlich ihr einziger wirklicher Job, nach dem Krieg, der alle mehr gekostet hatte, als sie jemals vorher gespiegelt reziprok gegiert hatten.

Und nein: ich war nicht bereit, die Mühe und Leistung von Menschen innerhalb des unterdrückerischen Regimes zu ignorieren, noch sie abzuwerten, weil sie eben herkamen, wo sie herkamen. Gilt übrigens auch für andere Unterdrückerregime.

Und auch nein: ich war nicht bereit einzusehen, dass ich dem Jetzt irgendetwas wie Dank schuldete, ertrinkend in Privilegien und Wohlstand (andere ertranken im Mittelmeer).

Ich war nicht bereit, die Realität um mich rum – auch die, die ich nicht halluzinierte – als freundlich anzusehen.

Ich sah nur, dass ich dem Jetzt das wert war, was ich bereit war an kompletter Destruktion – sowohl meiner Selbst als auch meiner Umgebung – zu liefern und zu nehmen.

Nee, ma' wirklich: bei der ganzen Scheiße hatte ich kein' Bock mitzumachen!

Klar, irgendwer rief dann wieder: „Du hast doch keine Ahnung! Du bist viel zu jung!" oder „Es war nicht alles schlecht!" oder so ähnliche Weisheiten und Scheiße.

Ihnen allen hatte man ein Stück Zustimmung und ein Stück Ignoranz entgegenzubringen, doch direkt an dem Übergang zwischen den Zeiten hatte niemand irgendwo gedacht, dass es auch Leute gibt, denen die Einfachheit der Generalmeinung nicht tauglich ist; eben vergessen am Scheideweg. Zu jung für DDR-Alltagsschnacks, zu alt für die verbrennende Kaufzeit.

Mir war das alles zwar nicht egal, doch aber zu etabliert in einem Diskurs. Ich war zu fortgeschritten für eine jugendliche Rebellion, ich war oft zu verbittert für Aktionismus, also schrieb ich und angelte dazu Eskapismus und meine Art von Visionen für mich heraus, aus dem Fundus der Welt.

Das war nicht als Desinteresse an Politik und Gesellschaft zu verstehen – solche Leute verachtete ich – sondern nur eine Verschiebung des Interessenfokus' auf andere Attribute und teils auf eine andere Zeit.

Was machte eigentlich das Handy? Wieder griff ich beiseite. Laer hatte endlich geantwortet.

Samuel, ich weiß nicht warum du fragst. Hast du nicht Lust am Samstag direkt darüber mit mir zu reden? 🙂

Was? Wieso nu' Sonnabend darüber reden?

Wat is sonnabend? 🤔

Da lag das Handy wieder. Wo war ich gerade? Ach, ja... ich schaute in die Prosa und sie schickte sich an, den Erzählfokus des Aktuellen zu verlassen.

Onkel Heiner war ein Intellektueller gewesen. Waren das damals andere Intellektuelle? Vor allem die im Osten? Auch die Künstlers? Ich verehrte einen slowakischen Organisten, der erst seit einigen Jahren tot war. Ich liebte mehrere literarische Werke, die aus der DDR stammten. Der Zwiespalt der Wahrnehmung der zeitgleich im *Westen* erschienenen Kunst war mir inhärent. Zwar gab es für mich die Unterscheidung zwischen *Kunst aus dem Osten* und deren Pendant aus dem kapitalistisch-imperialistischen Ausland nicht, doch da die Uni es nicht geschafft hatte, mir bei Interesse auch die Neugier auf die

Künstlerin oder den Künstler auszutreiben, so musste ich dann doch wieder forschen, woher dieser Schaffensmensch denn stammte...

Außerdem empfand ich es oft so, dass es eine Reihe von großartigen Kulturleuten gegeben hatte, deren ausbleibende Huldigung und von mir aus auch vergessener posthumer Ruhm nur damit zu erklären waren, dass sie noch immer hinter und unter einem eisernen Vorhang versteckt lagen.

Es gab keine Unterscheidung: für mich waren Kunst und Kultur universell, zumindest wenn es die Kunst und Kultur waren, die wirklich bedeutsam waren und nicht kleingeistiges Methadon.

Doch ich fragte mich, ob nicht die Kulturschaffenden anders gearbeitet hatten, als ich es gerade tat.

Also das war natürlich eine bescheuerte, weil rhetorische Selbstfrage: selbstverständlich hatten sie anders gearbeitet.

Die Umstände und die Zeit aus einer Schaffung von Kultur heraus zu ignorieren ist unempathisch.

Da war sie wieder: die Gerechtigkeit des Geschriebenen.

Onkel Heiner hatte in einem großen Block gewohnt. Auf der Erika tippen, im Zirkel des Staatswappens symbolisch eingeschlossen, für den Aufbau des Staatskonzeptes arbeiten. Und dass dieser Aufbau eine Farce war, ändert ja nichts an dem täglichen Tippen auf der Erika. Der graue Mantel der Intelligenz war mir Klischee geworden, wie die Alltäglichkeit des Wohnblocks für Onkel Heiner Leben geworden war.

Nicht nur in Onkel Heiners Großstadt werden die Mucken mit dem B1000 befahren. Jedem Kulturhaus muss der Bühnenvor-

hang geklaut werden, um aus dem schweren Samt Schlagho-
sen zu nähen, ach du meine Nase!

Ich war mir sehr unsicher, ob nicht meine Fantasie mit den Er-
zählungen von Eltern, Tanten, Onkeln, Omas, Opas und so
weiter eine zweite, fiktionale DDR-Realität aufbaute, doch wie
auch die Affenprosa schlussendlich ihr Ding machte und mir
doch dabei gut tat, so war es mit meiner Imagination und deren
wohltuender Inspiration.

Es ging in erster Linie nie um Politik, es ging immer bloß um
das Werk. Und das fühlte ich durchs Mark schlagend, wenn ich
die Platte auflegte, in der die Hammondorgel schrie und
kreischte und mir sich virtuos offenbarte.

Am Samstag feiert Svenni bei sich seinen 33. Geburtstag. Ich
glaube, dass es der 33. war...
   Und da gehst du hin?
Ja. Komm doch mit! Da könnten wir reden.

Laer hatte geantwortet, ich hatte geantwortet, nachdem ich mal
wieder aus meinen Gedanken hochgeschreckt war.

Svenni war ein gemeinsamer Freund von uns, seit nun auch
zehn Jahren, mit dem wir eine lange Zeit zusammen Musik gemacht hatten.
Er kam übrigens aus dem Westen und wie so oft, bei vielen
meiner Freunde, die aus dem Westen kamen, hatte er mit seinen dreiunddreißig Jahren nahezu keinen Blick für die Ost-
West-Scheiße, die übrig geblieben war und noch durch dieses

traurige Land geisterte, wie das Gespenst des Kommunismus' vor Metternichs Grab und auf dem Petersplatz.

Es gibt Leute, die diese Feststellung als etwas Negatives werten würden. Ich sah sie höchstens als etwas unsensibel an; im Grunde beneidete ich Svennis Pragmatismus und den all der anderen Freunde, die weniger Wesensanalyse auf die deutsche Geschichte verschwendeten als ich, obwohl ich zumeist kritischer diesem Land gegenüber stand.

Ich konnte schlichtweg all den Umständen nicht unbewegt gegenüberstehen. Immer dachte ich an das dahingeflossene – oft auch genommene – Leben der einzelnen Menschen und ich hatte Mitleid mit ihnen.

In Wahrheit hatte ich natürlich Mitleid mit mir selbst, denn ich kannte ja nur mein Leben wirklich (obwohl das nicht mal sicher war) und maß unablässig das meine Leben mit dem der anderen, im Guten wie im Schlechten.

Also: Svenni feierte am Sonnabend? Tja... warum nicht mitfeiern? Persönlich Laer fragen erschien mir ohnehin viel sinnvoller, viel direkter und ... überwindungsvoller... Scheiße!

Alles klar... ich werde dabei sein. Wann geht dat los?

Ich war jetzt schon bestimmt ein halbes oder gar ein dreiviertel Jahr auf keiner Party mehr gewesen.

Zuerst hatte mich die Deprileine zu Hause angetüddelt gehabt, jetzt der neuste Zwischenfall mit meiner Wahrnehmungsverwirrung.

Vielleicht war es wirklich mal wieder an der Zeit. Nur nicht die Nerven und die Kontrolle verlieren!

Was hatte Frau Lowag immer gesagt? Normalität ist sinnvoll.

Früher waren Saufen, Tanzen und Partymachen für mich normal gewesen. Als Student. Als Musiker. Als Medienmensch.

Ich hol dich am Samstag um 20:30 Uhr ab, ok? ☺
Alles klar, digger! 🎉 💯 🔥

So: Termin fest, Wahrheit aufgeschoben.

Jetzt bleibt aber das Scheißhandy liegen.

Die Sätze des Geschriebenen standen gereiht in meinem Laptop wie die Blocks aus den Sechzigern da am anderen Ende der Stadt.

Ich las über die einzelnen Sätze und wunderte mich, wann ich so viel über vergangene Geschichte im Lebensbereich meiner selbst geschrieben hatte. Ich musste unwillkürlich an die vergangene akademische Erziehung denken.

Der antisemitische Naziphilosoph hatte sein wohl wichtigstes Buch über das Wesen der Umstände der Existenz im Rahmen der Geschichte geschrieben. Zumindest war es das, was ich so verstanden hatte – gleichwohl war ich aber selber sehr froh, dass ich zu Zeiten der Uni nichts von ihm hatte lesen müssen.

Ich hatte vor der Existenz Angst. Im klaren Wortsinne der Angst selbst. Vor allem natürlich vor meiner eigenen Existenz.

Dass die Umgebung, die Welt mit all dem Zeug in ihr, mir auch Sorge bereitete – unnötig zu erwähnen.

Die Sorge, die Angst und die keilende Fragilität, die sich auf Augen, Seele, Hände, Odem meinerseits gelegt hatten, wollte ich nur sekundär als problematisch begreifen. Zu martialisch kam mir die pauschale Ablehnung dieser Empfindungen vor. Dennoch waren sie natürlich irgendwo auch nicht erstrebenswert. Ich wollte mein Leben in gesetzte Bahnen bringen, in denen ich in Ruhe meiner Arbeit nachgehen konnte, ohne ständig von mir selbst sabotiert zu werden. Da konnte ich auf Dauer keine Bündnisse mit Angst und Sorge schließen.

Wie ich als guter Geisteswissenschaftler (weder war ich ein *guter* Geisteswissenschaftler, noch ließe sich überhaupt festlegen, ob es in der Geisteswissenschaft *gut* und *scheiße* gäbe) natürlich sozialisiert war, hielt man sich bei der Interdisziplinarität – besonders entfernter – an tradierte Vorbilder und Superstars des jeweiligen Fachs.

Was theoretische Physik und Kosmologie und so was anging, zog ich natürlich Einstein vor, wofür man zurecht von jedem Physiker nur verachtet oder belächelt werden konnte.

Hätte ich $E=mc^2$ je verstanden, würde ich nicht voll mit Psychopharmaka als künstlerischer Medienschaffer alleine am Schreibtisch sitzen, dort wo der Cursor betrübt in der Prosa blinkt.

Und genauso hatte ich noch immer einen gepflegten Rochus auf Wissenschaftler, die meinten, man müsse den alten Goethe noch so sehr verzirkuspferden, dass man ihn vorab mit weithergeholtem Literaturzitat sinnig radebrechend auf das Titelblatt der Digitalpräsentation über wirtschaftsliberale Steuermechanismen stellt und man sich dann auf Verweis von Goethes sogenanntem *Universalgenie* noch zur Gelungenheit selbst beglückwünscht.

Nun ja... wenigstens wusste ich so – in meiner unbedarften Relativitätstheorieverständnisattrappe – dass Raum und Zeit irgendwie dasselbe sind. Danke Albert!

Wenn nun aber Raum und Zeit als Raumzeit eins sind, so könnte man des Naziphilosophens Werk ja auch *Sein und Raum* nennen, im besten Sinne einer Gleichungsumformung.

Ich hatte natürlich nie Latein gehabt, wusste aber, dass das Wort *Existenz* – welches mir die ganze Zeit im Kopf rumgeisterte – neben weiteren Übersetzungen im Deutschen auch mit *Dasein* wiedergegeben werden konnte. Also eine Substantivierung aus Adverb und Verb. Das Adverb mit demonstrativ-lokalem Charakter, was es für mich in die Nähe einer Präposition rückte.

Jetzt blieb mir die Frage, ob es zulässig wäre, aus dem Wort *Existenz* das Wort *Sein* zu formen, wollte ich den Titel des besagten Werkes umbenennen, um mit der Parteinahme für die Menschenverachtung des Autors nicht weiter in Verbindung zu stehen. *Stehen* war hier übrigens das entscheidende Wort: übersetzte sich doch *existieren* schlussendlich als die Präposition *aus* und einer Form von *stehen*. Wieder Präposition und Verb!

Was *ausstehen*, neben seinen bekannten deutschen Bedeutungen, nun direkt heißen könnte, war mir nicht ganz klar – vielleicht außerhalb des Lebens stehen, denn wo sollte man sonst stehen? Aber so weit dachte ich da ja schon gar nicht mehr, sondern ich dachte nur in bester René-Manier, dass wenn man schon stünde, dass man dann ja auch sein müsse. Ich stehe, also bin ich. Logisch!

Das käme mir ja super entgegen: all der Quatsch, den ich jetzt gedacht hatte, seit nunmehr Stunden vorm Rechner kauernd, ließe sich dann ja verfremdend subsumieren unter dem Titel: *Existenz und Raum.* Yeah! Die Zeitgeistlichkeit unter einem neuen Aktenzeichen zusammentackern!

Als ich später mit Tamara am Abendbrotstisch saß, erzählte ich ihr von meiner phänomenalen Gleichungsumformung. Sie hob nur eine Augenbraue, die Teetasse in der Linken und sagte: „Wenn du die philosophische Lektüre nicht magst, dann bezieh' dich doch einfach nicht auf sie, statt solchen Zinnober zusammenzumischen!"

Betrübt sah ich auf meine Stulle nieder. Tamara hatte Raum und Existenz meiner selbst in einer Sekunde beim Essen viel treffender gefasst, als ich an einem ganzen Nachmittag mit Grübeln.

„Sonst gab's heute nichts weiter?", fragte sie. Ein Lacher irgendwo zwischen Fremdscham und Erleichterung, dass ich nicht noch gefährlicheren Unfug hervorgebracht hatte.

„Nee... Obwohl warte...", antwortete ich. „Laer hat mich am Wochenende eingeladen! Zur Geburtstagsparty von Svenni."

„Und gehst du da hin?"

„Ich dachte schon..."

„Find ich gut." Jetzt lächelte sie wirklich. „Kann ja nichts schaden!"

Ich lächelte auch und nickte. Ja! Kann ja wirklich nichts schaden...

„Jung, un wann fängst du all wedder mid dat Arbeiden an?"

„Nächst Woch! Glieks am Maandag."

„Achso."

„Jau."

„Na, dat ward di wull gaud daun!"

„Woso?"

„Na, man so."

„Wieans? Man so? Wat meinst, Vaddi?"

„Ja, nee – Arbeiden, dat deiht de Lüü' jümmers ganz gaud. Sunners de, de dat so 'n bäten mim Kopp hemmn."

„Ick heff dat so 'n bäten mim Kopp?"

„Na... Du weitst wieans ick dat mein... So... midde Psyche so... mein ick dat..."

„De't mall im Brägen hemmn, meinst du?", nagelte ich meinen Vater am Telefon fest.

„Ja, nee! Dat hesst du nu seggt!", echauffierte er sich.

„Wieans man't ok dreiht – Fakt is: ick harr dat all im Brägen krägen, as ick noch arbeid harr. Doar an mach dat ja denn wull nich liggen!"

„Na, dat is wull all wat anners!"

„Nee! Is't nich! Depreschion un so harr ick noch in Lohn un Brod krägen. Villicht heff ick dat ja sogor doarvon krägen!", setzte ich nach.

„Na, dat is doch Kokolores!"

„Na, villicht. Villicht awerst ok nich..."

72

„Na… wenn du't seggst…"

Hier hatte er kapituliert. Die Arbeitsethik war universell und all-gegenwärtig, wie der Gott, an dessen Glaube sie entsprang.

„Du, nu mol noch wat anners, Vadding!"

„Jau?"

„Ähm… tau dien Geburtsdag, tau diene Party, nech?"

„Jau?"

„Doar kümmen weck all?"

„Oah, Jung! Doar kümmen all!"

„Wieans all?"

„Na, all!"

„De ganze Stadt orrer, wieans?"

„Ja, nee! Mien Brauder, un ji all, un noch so poor Bekannte, Frün' un so wieder."

„Aha. Ward denn 'ne richtig bannig grote Party, so?"

„Noja… wenn du dat so nöömen wisst – ward dat wull so…"

„Alls klor… Un de is in dat Hotel, wat du bäukt hesst, in dat Dörp doar – woröwer wi all schnackt hemmn?", fragte ich.

„Na, bäukt heff ick nich 'n ganz Hotel, süss man blot de Sool un de Gorrn doartau. Un de Lüü', de doar schloppen wullen, kün-nen dat daun un sick doar ein Timmer bäuken!"

„Ah, okay!"

Jetzt war es an der Zeit, vorsichtig das ohnehin schon besorgte Geburtstagsgeschenk abzuklopfen.

„Un segg mol, Papa… Gifft' denn wat, wat du di tau dienen Ge-burstdag wünschen deihst?"

„Dat du wedder up 'n Damm kümmst, dat wünsch ick mi."

Der Quaestionis futiles Herz warf sich mir bleckend entgegen.

War klar, dass keine verwertbare Antwort auf diese Frage kam.

„Gaud! Un ok wat, wat ick köpen kann? Dat ick 'ne Garantie heff?"

„Ach, nix nich!"

Ich seufzte.

„Wie wier't mid wat, wo du mid Muddi schön hengahn kannst un di wat ankieken?"

„Jau..."

„Na, bäder as wenn wi irgendwecken Schiet köpen, de dann man blot dubbelt un dreefack rümliggt."

„Jau..."

„Na, is doch so! Un 'ne fiene Erinnerung is doch ahnhen miehr wiert, as irgendweck Tinnef, orrer wat?"

„Jau..."

„Jau?"

„Jau..." Er schien gelangweilt. „Awerst, von' Saak her – ji möt mi ok gor nix schenken, so!"

Ich seufzte, dass es im Telefon knisterte wie bei einem Waldbrand.

„Papa, dat helpt mi nich wieder, weits du, nä?"

„Jau..."

Okay. Das war wirklich die Schläfenhaarergrauungsinvestition nicht wert.

„Na, fien. Dann moken wi wat in de Richtung von so Eventkroms."

Er schwieg.

„Ick möt nu ok wieder moken, Papa... Lot di dat gaud gahn!"

„Tschüßing, mien Jung! Pass up di up, hüürst du?" Mein Vater sprach mit Erleichterung.

„Jau, Vadding! Tschüßing!"

74

Bloß auflegen!

Ich blickte aus dem Fenster, das schnurlose Telefon in meiner erschlaffenden Rechten.

Der Himmel war ohne Depressionen, auch wenn er voll mit grauem Wolkengerümpel lag. Der Himmel war auch ohne Halluzinationen, auch wenn er diese bei Betrachtenden beförderte. Im frühen Herbst war der Himmel oft am schönsten, denn dann schien es so, dass die Wolken sich von dannen machten, um gleich den Vögeln fortzuziehen. Und wenn sie dann der Sonne Raum gaben, schluckte man diese noch restgierig, weil man doch wusste, wie grau und unendlich dunkel es bald werden würde. Denn dann waren die Wolken bald nicht mehr als einzelne Gebilde zu erkennen, sondern nur als eine unbarmherzige Decke.

Nun war es aber noch Frühjahr!

Der Himmel jetzt war zwar von ähnlicher Unbeständigkeit, doch war er viel wärmer. Und niemand konnte ihn sehnend erkennen. Bei zu großer Wärme bloß erdrückend, bei ungewöhnlicher Kühle bloß enttäuschend.

Der Sommer- und Frühjahrshimmel mochte nie sehnend sein. Vielleicht nur für die allerletzten verliebten Seelen oder ganz unten angekommene Tröpfe, die total kaputt an den Gestaden der Ostsee standen.

Ich war mir nicht sicher, ob ich nicht zu den Letzteren auch gehörte, aber dann fiel mir Tamara ein und ich musste einsehen, dass ich es nicht tat.

Zumal ich den Himmel auch wirklich nicht als sehnend empfand, sondern gerade enttäuschend, wie er sich trotz Frühlingserwartung frech zuzog, wie ein Schwabe nach Berlin.

Mara war natürlich wieder auf Arbeit, ich hatte alles an Hausarbeit erledigt und war gerade zu ausgelaugt vom Telefonieren, als dass ich mich wieder der zehrenden Affenprosa hätte widmen können.

Die Gitarre hatte mich, wie mein Plüschtier aus Kindertagen, noch nie im Stich gelassen. Immer aufmerksam, immer da, immer cool, immer Freundin oder Homie.

Ich klimperte ein paar Akkorde, schüttelte ein paar Licks aus dem Handgelenk.

Das Opiat der Musik schoss direkt aus den Händen, die die Klampfe hielten, in die Venen und Arterien der zugehörigen Arme und von dort in meinen Restkörper.

Wenigstens konnte ich jetzt die Zeit nutzen um das Stück für meinen Papa zu üben.

Wie es sich für einen adäquaten Vaddi in seinen guten Sechzigern gehörte, war er Fan der Musik aus denselbigen und aus dem nachfolgenden Jahrzehnt.

Ich hielt mich für ganz passabel auf der Gitarre, Gesang noch ein bisschen besser, aber das artistische Rockstück, was ich für meinen Vater erkoren hatte (einer seiner Lieblingsbands), war wirklich anspruchsvoll. Besonders machte mir die komplizierte Gitarrenbegleitung mit dem zeitgleichen Gesang zu schaffen.

Zack: rechte Hand einen synkopischen Anschlag, links einen komplizierten, kurzen Lauf aus Einzelnoten, der von einer Reihe erweiterter Harmonien abgelöst wird.

Der Gesang kam hingegen immer gerade auf den Zählzeiten und war in sich melodisch nicht einfach. Der Tonumfang der Gesangsmelodie erstreckte sich über zwei Oktaven, nicht gerade das, was ich bequem nannte, besonders nicht zum selbstbegleiteten Singen.

Doch in der Herausforderung lag ja auch schließlich der Ansporn und die Wertschätzung für den Vater.

Etwas spielen, was er selber auf jeder Lagerfeuergitarre zuwege brachte, erschien mir für seinen Geburtstag nicht angemessen.

Der Schwachschatten des Blumentopfes zirkelte sich halb auf dem Fensterbrett, während ich übte. Kontrastiert war das Abbild nun nicht gerade, dafür fiel es viel zu trübe von draußen herein. Und ich gab mir Mühe, denn durch die eingebläute Erziehung glaubte ich an den Trugschluss, dass Mühe belohnt wurde.

Im achten Durchlauf – ich spielte und sang immer das ganze Stück – gelang mir alles so, dass ich glaubte nun sei es aufführungsreif. Keine nachhinkende Gitarre, keine Textaussetzer, eine glatte Melodieführung. Das könnte man auch so aufnehmen. Zumindest hoffte ich das.

Doch lieber noch ein neuntes Mal üben!

Ich holte tief Luft und begann erneut. Mir war schwummerig von der Anstrengung, besonders durch das Singen.

Die Wirkstoffe der Morgentabletten, die ich verspätet vor dem Telefonat mit Vaddern eingenommen hatte, brausten jetzt durch meine Synapsen wie Gören durch eine Wasserrutsche. Timing, Zählen, Beats pro Minute abnehmen! Anschlag! Intro spielen! Erste Strophe jetzt! Refrain – Vorsicht, der Tonsprung nach oben! Gut vom Zwerchfell stützen, sonst rutscht die Intonation weg. Ja, gut – weiter Bridge – die Gitarrenarbeit hier bedenken! Keine Singlenote ist unwichtig! Schön alle gleichmäßig und konzentriert in das Stück nageln! Jetzt die zweite Strophe, kein Ding – alles so wie eben, nur den anderen Text! Nichts vergessen, nichts verwechseln! Und wieder Refrain – das läuft doch! Okay und jetzt das Interludium – quasi ein bisschen wie ein Gitarrensolo, nur harmonischer! Refrain erneut zum Schluss, jetzt bloß den Gesang nicht auf dem letzten Ende versauen! Uuuuunnd: Outro, schön die einzelnen Töne, dann die Akkorde der finalen Kadenz noch etwas im Arpeggio bei einem gleichzeitigen Ritardando (ich hatte meine Musiktheorie gelernt!) – bämm!

Das war's! Das konnte sich hören lassen!

Mein Kopf schwamm, meine Fingerkuppen schmerzten und das, trotzdem ich regelmäßig spielte.

Aber ich hatte selbst geschafft, was ich da meinem Papa in einigen Tagen vortragen würde! Der Song war gelungen so!

Ich stellte stolz die Klampfe ab und tapste in die Küche. Erstmal Wasser sippen! Zittrig stürzte ich das Glas in mich hinein.

Besser!

Ich ruhte schwindelnd kurz und umklammerte die Tischecke.

Minuten verstrichen.

Mein Blick setzte sich auf den kleinen Schrank, der in der Küche stand. Wo wir schon beim Thema von Papas Geburtstag waren... hatte Tamara hier nicht die Bowiekarten abgelegt? Ich wollte mir die Edelpapierscheine noch mal in Ruhe anschauen. Wahllos zog ich die Schubladen auf, aber bis auf verschiedenste Küchenutensilien war nichts zu finden. Hatte Mara die Karten manchmal schon weggeräumt? Sie war die Orgafee des bescheidenen Haushalts. Wohl recht wahrscheinlich... Die teuren Karten gehörten schließlich auch nicht an einen Ort, wo Wasserdampf, Fett, Gestank, Kaffeequalm und dergleichen mit erbrechender Regelmäßigkeit herumwaberten.

Ich schlurfte zurück in mein Zimmer. Die Gitarre lehnte am Bettrand, in dem auch das besagte Kuscheltier aus den anfänglichen, einstelligen Lebensjahren lag. Ein gelber Hase, der kaum noch Fell hatte – das meiste war weggekuschelt. Sein Name war Zacharias. Wie ich Zachi, der mir in über fünfundzwanzig Jahren treu geblieben war, da so auf meinem Kissen liegen sah, flutete in mich brandend eine unendliche Traurigkeit ein.

Vor allem wusste ich gar nicht warum!? Zachi war ja da. War bei mir, chillte in meinem Bett und wollte noch zig Jahre weiter sein Fell stetig abgekuschelt bekommen (wenngleich bei geringerer Verlustintensität, denn ich schmuste ja nicht mehr so heftig mit ihm – er lag ja mehr bloß in meinem Bett als Begleiter).

Ich berührte kurz das Stofftier, fand ich müsse wohl zärtlich, niedergeschlagen und doch peinlich dabei aussehen und ich ließ mich auf meinen Stuhl sinken.

Die Gitarre wog mir plötzlich wie Blei in meinen Händen, als ich sie wieder griff. Die zwei Akkorde, die ich wegspielte, klangen fremd und gequält. Der konditionierte Zauber der Kadenzen war den Harmoniken nun auf einmal abgelassen.

Was war das? Warum just diese tumbe Schwere? Die Melancholie hob sich. Als ich aus dem Fenster sah, war sie schon fast wieder verschwunden, aber das Gefühl, am Grunde einer Schlucht zu hocken, blieb – ja, intensivierte sich noch. Wie ich aus dem Fenster blickte, war es mir als blickte ich herauf. Herauf aus einem tiefen Grund, aus einem Schacht. Gefangen in einem Loch.

Und ob ich schon wanderte im finstern Tal, fürchte ich kein Unglück;

Nee, fürchtete ich wirklich nicht... Ich fürchtete mich gar nicht mehr in diesem Moment. Jedoch nicht aufgrund eines Schutzvertrauens, sondern nur aufgrund einer allumfassenden Gleichgültigkeit. Ein Eingewickeltsein in ein dumpfes statt klares Vakuum. Wie nun aber die moralisch fragwürdigen Vogelexperimente von Robert Boyle zeigten, konnten Lebewesen schlecht (das heißt nicht) im Vakuum überleben. Blieb zu klären, wie Samuel Rall in diesem Vakuum überleben sollte. Entweder war er kein Lebewesen, oder er würde sehr bald das Zeitliche segnen.

Ich stellte die Klampfe weg. Zwecklos, mit Orang-Utan-Armen Gitarre spielen zu wollen. Ich legte mich aufs Bett und starrte an die Decke. Im trüben Licht warfen die Schatten des Laubes der Bäume vor dem Fenster zarte Theater an die Tapete. Zuckend, flimmernd durch den Wind choreografiert.

Zarte und doch uninteressante Stücke. Repetitiv, ausweglos und somit auch aussichtslos.

Ich lauschte in meinen Körper, das Brausen der Tabletten war verschwunden. Die akute Traurigkeit war verschwunden. Die Schwere im Körper war verschwunden. Was geblieben war, war meine Hülle, mein zerknittertes Selbst darin und die Leere des Daseins. Adverb und substantiviertes Verb.

Das war in der Tat schlimmer als traurig zu sein.

Noch eben hatte ich doch erhaben, glücklich über mich selbst, meine Gitarre weggestellt? Jetzt war ich ein ausgepustetes Osterei (Ostern war doch bald, oder? Früh dieses Jahr...), unbemalt zerbrochen und lag noch zwischen all der Deko. Nicht Lebensspender, nicht Freudenspender. Nichts als Abfall.

Auf dem Bett schauend war der Blick nach oben gerichtet. Ich hockte also unten in der Schlucht. Von mir aus auch das finstere Tal, nur sehr tief in das Gestein hineingeschnitten.

Kurios – solche Gesteinsformationen und solche Klamm gibt's doch hier im Nordosten gar nicht?

Ich schloss die Augen und atmete aus.

Ich öffnete die Augen, atmete ein.

War die Welt jetzt heller oder dunkler gewesen, mit den offenen Augen, oder umgekehrt?

Ich vermochte es nicht zu beantworten.

Ich horchte, ob neben dem Rauschen des Nichts, das diesmal nicht köstlich wirkte, noch etwas anderes da war. Etwas, das nicht fröhlich schien. Doch ich konnte nichts bemerken. Ich horchte auch, ob da nicht noch etwas anderes war. Etwas, das nicht traurig schien. Doch wieder bemerkte ich nichts. Alles was da war, war lange Gleichmut.

Die Abwesenheit von Emotionen war schrecklicher als die Anwesenheit von sogenannter schlechter Laune.

Ich weiß nicht, wie lange ich an diesem bleichen Donnerstag auf dem Bett hockte. Irgendwann stieg ich in die zu warmen Stiefel, verließ die Wohnung.

Der Wolkenreigen schob sich weiterhin schneckig und scheckig, doch schwer über den Himmel.

Ich hatte keinen Weg, keinen Gedanken. In nordwestlicher Richtung stolperte ich voran. Sinnlos setzten sich meine Füße vorwärts und nichts gab es mehr zu entdecken. Keine neuen Straßen in dieser Stadt, keine neuen Orte. Das war natürlich de facto Unfug. Dies war nicht meine Geburtsstadt und selbst in dieser glaube ich, gibt es Ecken, die ich nicht kenne.

Ich aber ging in diesem Nachmittag umher, mit dem Blick nur wie nach oben aus dem Grunde einer Klamm heraus.

Es vergingen vielleicht zwanzig Minuten – ich war gerade in einer abgelegeneren, ruhigen Gegend mit Einfamilienhäusern und kleinen Grundstücken mit Gärten angelangt, die ich nicht kannte – als mir plötzlich gewahr wurde, was hier passierte.

Vor einem kleinen, flachen Eigenheim – ich schätzte so siebziger Jahre – mit einem größeren Vorgarten fiel mir Sinn in der Erkenntnis zu. Mein Blick fiel auf eine Araukarie und einen

Ginkgo, die links und rechts im Vorgarten vor dem Häuschen standen. Auf die Knie wäre ich auch gerne gefallen.

Doch zitternd blieb ich stehen, sah die Heimstatt von fremden Menschen an und fühlte etwas an Gefühl in mir rückkehrend einfließen.

Wie wohl die Leute hier arbeiteten, lebten, liebten? Das Haus sah so aus, als hätten hier schon mehr als zwei Generationen gelebt. Wie hatten die wohl ihren Alltag umgebracht? Wie hatten sie ihre Zeit investiert? Falls sie das überhaupt getan hatten. Doch bestimmt...

Ja, sollte ich jetzt klingeln und meine Fragen stellen, die eher einem psychotischen Stalker als einem forschenden Philosophen geziemten (wobei ich noch am Ersten näher dran war...)? Die Tür und die Fenster des Häuschens lagen dunkel. Vielleicht waren die Besitzenden noch aus? Zur Arbeit, im Urlaub – was weiß ich.

Hell, geradezu strahlend lag aber der Garten dar. Die Farne fluoreszierten aus der Basis der Beete, der grüne Rasen aus dem Hintergrund penetrierte alle überlagernden Farben. Die Farbtupfer der Blumen begannen sich mehr und mehr in blendende Tropfen von Spotlights zu verwandeln. Und es war noch nicht mal Kern des Frühjahrs!

Je mehr ich starrte, um so stärker begann mich der Farbgarten zu blenden. Ich schaute nach oben, um meine Augen zu entlasten.

Der Himmel hingegen war heute von seiner Gräue nicht mehr wegzukriegen, nur wirbelte innerhalb der Frühjahrsluft jetzt schon seit Stunden die Schwere des Geruchs von sich ankündigendem Regen. Der Regen gehört zum Alltag dazu.

In wenigen Minuten würde er zu diesem Tag auch dazugehören. Sonst war der Blick keine Entlastung; auch der Himmel blendete mich von einer Millisekunde zur anderen mehr verletzend.

Mir wurde jetzt gewahr, was hier geschah. Wenn ich das alles nicht halluzinierte, war das hier gerade eine depressive Episode. Akut, direkt und sozusagen praktisch. Die ersten Tropfen fielen in die Nadeln der Araukarie links. Die ersten Tropfen fielen auf die Blätter des Ginkgos rechts. Die Intensität und Befeuerung durch die Farben nahmen noch mehr zu. Boah, warum sticht das so in den Augen? Und wo verdammt noch mal bin ich überhaupt wirklich?

Ich kannte die Gegend nicht, doch ich wusste ja in welche Richtung ich gegangen war, in dieser depressiven Episode. Also drehte ich mich auf den Hacken um, ließ das Häuschen mit dem tiefen grünen Garten liegen, ließ die Araukarie und den Gingko sein und ging zurück in die Wohnung von Mara und mir.

Der folgende Freitag war ein Heim der Furcht und müden Verzweiflung gewesen. Das war ungewöhnlich. Ansonsten pflegte der Freitag der geheime Favorit meinerseits unter den Wochentagen zu sein. Klar hatte der Sonnabend das Rundumherrlichkeitspaket in sich präsent: war er doch nicht der letzte freie Tag – übergab großherzig an den Sonntag, hatte gleichsam aber den ganzen Tag für sich frei.

Jedoch bestach der Freitag für mich noch immer mit seiner genügsamen Pflichterfüllung, *bei gleichsamer Verheißung und Abenderfüllung* der Freiheit.

Insgeheim verfluchte ich meine Eltern, dass sie mich so pflichtbewusst erzogen hatten, doch Frau Doktor Lowag sagte immer, ich müsse dies als Ressource begreifen.

Klappte nicht gerade gut. Momentan fühlte ich mich ressourcenärmer als die Pitcairns (die wenigstens gute Storys über Meuterer und tolle Pflanzen hatten).

Dieser Freitag war anders gewesen. Ich verblieb im Bett. In puncto Pflicht stand mir Tamara in nichts nach, sie ließ mich schlafen, ging zur Arbeit. Wohl hatte sie gemerkt, dass etwas mit mir nicht stimmte – aber das war schließlich auch nichts Neues gewesen.

Im Bett sitzend drückte die Zimmerdecke auf mich nieder.

Die ursprüngliche Muße war verdampft. Zurück blieb formlose Beklemmung ohne Ausdruck. Das Anti-Zen.

Der Zenit der Angst schien längst vergangen, denn Angst hatte ich nicht mehr. Dieser käme wohl erst bei der nächsten Möglichkeit einer Halluzination wieder.

Nein, die Depression war wie immer unaussprechbar. Hoffnungslosigkeit kroch an meiner Bettdecke hoch und langte mit ihren ekelhaften Griffeln unter die Decke an meine Brust. Irgendwo darin musste doch das Herz sein, das es zu vereisen galt.

Strikt sortierte ich den ganzen Tag meine Gedanken im Anti-Zen. Meditieren hatte ich noch nie gut hinbekommen – das Gegenteil beherrschte ich vollendet, ohne dass ich es wollte. Wie eine Möwe beobachtend über der Stadt schweben. Das war jetzt mein Ziel an jenem Freitag.

Ich riss meine Augen im Bett sitzend auf und versuchte das Bild zu tauschen. Wenn ich das Ich von außen sehen konnte, war es vollbracht. Wie eine Möwe über allem zu schweben, auf alles zu scheißen.

Ich wiederhole mich, das klang mystischer als es sich schlussendlich verhielt, denn Konzentration war anatomisch, körperlich. Die Psyche war ein Trainingsobjekt wie der Bizeps.

Irgendwann sah ich mich dann doch im Bett sitzen, von oben.

Meinen hässlichen, rasierten Schädel da im Bett.

Samuel Rall, der Medienmensch und Autor. Gitarrist der Herzen, zumindest seines eignen. Sänger in Apathie. Dichter im Schrottplatz, Prosaist in Findungsphase und in zoologischer Erkundung. Journalist im unfreiwilligen Urlaub.

Von einer letzten Unerträglichkeit jedoch blieb das helle Licht.

Ich saß mit dem runtergezogenen Rollo im Bett und trotzdem spülte sich die Raufasertapete gleißend und kreischend in meine Augen. Jede Spur von Photonen griff sofort mein Blicken an. Oder die Photonenritter sahen das Weiße meiner Sehorgane und mussten ihren Kreuzzug beginnen.

Ich versuchte mich schrecklich zu erinnern, was der Grund dafür sein könnte, bis mir nach einer Ewigkeit des Grübelns einfiel, dass Doktor Böhmer erwähnt haben könnte, dass die neuen Tabletten mitunter die Lichtempfindlichkeit stark erhöhen könnten.

Scheiße! Lösen diese Tabletten eigentlich auch Probleme, oder besteht deren Therapie in der Schaffung und Ablenkung durch die Nebenwirkungen?

Noch mehr als vor meinem Klinikurlaub war ich verwirrt, müde, apathisch und nun auch noch lichtempfindlich. Tatsächlich saß ich dann bald mit Sonnenbrille im dunklen Zimmer im Bett und blickte auf mich selbst hernieder.

Am späten Nachmittag vermochte ich dann aufzustehen, mich zu waschen und anzuziehen und saß mit einem Tee am Tisch, als Tamara nach Hause kam. Die Sonnenbrille hatte ich eigenmächtig in vollster Selbstbeherrschung wieder abgenommen – sollte Tamara nicht noch mehr denken, sie habe einen Kaputtkopp zu Hause sitzen, als sie es eh schon hatte und tat.

Ich lächelte, als sie die Zimmertür öffnete. Das war eine heroischere Leistung als Achilleus' Rache an Hektor für seinen Homie Patroklos. Die nächste Scheiße, die ich in die Affenprosa reinschreiben musste, wo Homer diese Leistung doch nicht mehr würdigen konnte. Der weinte nur hinter seinem E-Book-Reader. Alles musste man selber machen!

„Na, Sammy – geht's dir gut?" Mara fragte von offenherziger Ehrlichkeit, die mitfühlend sonorte.

„Ja... muss, nä?" Fragt mich nie die gleiche Frage, sonst bekommt ihr die gleiche Antwort!

„Digger, das sagst du jedes Mal!"

„Ja, is' so. Mir geht's soweit ganz gut – hat jetzt aber gedauert."

Ich musste Mara einfach etwas mehr sagen, sie war wichtig in meinem Leben.

„Depressive Phase, ja?" Sie war wie immer zu schlau.

Ich nickte.

„Ist das jetzt besser als hättest du krasse Hallus gehabt?"

„Boah schwierige Frage... Keine Ahnung, denke is' beides scheiße!", antwortete ich ihr.

Sie umarmte mich und ich spürte, wie mir irgendetwas an den Wangen herablief. So erstarb der Freitagabend wenigstens in Armen der Empathie und des Mitgefühls.

Der folgende Sonnabend war dann natürlich wieder recht unscheinbar. Zumindest fühlte er sich so an. Dennoch war er es nicht – Svennis Geburtstagsfeier lag ja noch vor mir.

Und dabei gleich mit Laer über seine Raucherei reden, super!

Mara hatte sich mit Freundinnen zu einem „dieser saubekloppten Mädelsabende mit Weißwein, Gesellschaftsspielen und all der Scheiße" – wie sie es ausdrückte – verabredet.

Sie hatte circa siebenhundert Mal (untertrieben) gefragt, ob das okay wäre, sie mich allein lassen könne, klar hoffend, dass sie den Abend mit ihren Freundinnen absagen könnte.

Ich hätte ihr gerne den Gefallen getan, aber die indoktrinierte Pflicht, die Aufgabe Frau Doktor Lowags zu erfüllen, ließ mich standfest bleiben.

Ich hatte ihr gesagt, es wird bei mir gehen, zumal ja meine Freunde dabei sind. Also blieb Tamara bei ihrem Plan und ich bei dem meinen.

Ich war unschlüssig, ob ich das nun gut oder hinderlich finden sollte. Gut war es, dass ich vorsichtig und behutsam mich vortasten konnte Laer zu fragen, ohne Rücksicht auf Tamara zu nehmen – oder schlimmer – von ihr gedrängt zu werden. Andererseits war es nun so, dass ich ohne Tamaras Hilfe noch mehr dazu geneigt war abzugleiten.

Abzugleiten in eine flirrende Welt voller verrücktem Chaos, wo sich Esprit mit Angst und Kreativität mit Wahnsinn abwechselten, sofern nicht alles vom schwarzen Chloroform der Niedergeschlagenheit ausgeknipst wurde.

Dass die Sorge vor der Untraubarkeit der eigenen Sinne nun noch mitschwang, störte mich an dem Sonnabend gar nicht mehr so doll – ich war froh, dass erst einmal der schwere Hieb der Depression mich nur so kurz hatte taumeln lassen, ohne dass ich vollkommen ausgeknockt worden war.

Mara nicht dabei – Aufgabe für drei! Scheißegal – dann woll'n wir mal!

Unleugbar war ich der geborene Lyriker. Das Talent war so exorbitant in meinem kranken Hirn angelegt, dass ich selbst steinderweisenesque noch aus vollkorrodiertem Wortschrott Gold der Zungen werden lassen konnte, bei bloßer Berührung. Dichterkönig Midasamuel.

Zu schade bloß, dass das ein praktisch sinnloses Talent ist.

Mara schlief gerade den proletarischen Sonnabendsmittagsschlaf der gerecht Arbeitenden auf dem Sofa im Wohnzimmer, als ich das Telefon griff.

Die Mittagssonne war die unbarmherzigste Scheiße, die mir je in die Parade gefahren war. Das solare Feuer schmolz durch den Äther, um geradewegs heiß glühend, wie es war, in meine Sehnerven einzusickern. Soll heißen: die Helligkeit war nicht auszuhalten.

Alles tat mir weh, ich hatte das Gefühl, mich permanent mit zusammengekniffenen Augen durch die Wohnung tasten zu müssen. Wenn ich nur in die letzte Ecke schaute, stach mir das Licht noch wie ein Dolch an den Augenstellen ins Gehirn.

Scheiße! Das war doch die letzten Tage nicht so gewesen!

Nach kurzem Hin und Her mit irgendwelchem Klinikpersonal hatte ich tatsächlich Doktor Böhmer am Telefon. Ein glücklicher Zufall, dass er gerade Dienst hatte.

„Ja, wer ist da?" Er klang richtig schnauzig. Super!

„Moin, Herr Doktor Böhmer. Samuel Rall hier! Erinnern Sie sich?"

Offensichtlich nicht, denn wieder rauschte die Leitung schweigend.

Dann doch antwortete er: „Ach... ja! Der junge Mann mit den Halluzinationen, richtig?"

„Das' richtig!"

„Weshalb rufen Sie an, Herr Rall? Wissen Sie, ich habe sehr viel –"

„Ich weiß, dass Sie viel zu tun haben! Ich möchte nur ganz kurz etwas fragen – Die neuen Tabletten, die Sie mir verschrieben haben, ist das normal, dass die extrem die Lichtempfindlichkeit beeinflussen?"

„Haben Sie den Beipackzettel nicht gelesen?"

„Doch natürlich – da stand das auch drinne."

„Was fragen Sie mich dann? Natürlich beeinflussen die Tabletten das Lichtempfinden!" Ich glaubte Zorn in seiner Stimme aufbranden zu hören.

„Aber ich meine, ob es normal ist, dass ich quasi nirgendwo mehr hinkucken kann, ohne dass ich glaube, meine Augen verbrennen!" Ich konnte auch stinkig werden, kein Ding!

„Sie meinen, die Lichtempfindlichkeit ist extrem?"

„Extrem ist eine Untertreibung!", antwortete ich ihm.

Doktor Böhmer gluckste jetzt plötzlich leise, wurde dann aber wieder todernst: „Herr Rall, Sie müssen jetzt erst einmal bei den eingestellten Dosen bleiben – Ich nehme auch an, dass sich die Nebenwirkungen etwas einpegeln, wenn Sie erst wirklich an die neuen Psychopharmaka gewöhnt sind. Auch, wenn es jetzt unerträglich scheint – Photophobie ist nichts Ungewöhnliches bei dieser Art Medikamenten. Haben Sie Vertrauen in die moderne Medizin!" Wieder gluckste er.

Okay, das war jetzt eher gruselig.

„Alles klar...", seufzte ich resignierend.

„Wie geht es Ihnen sonst, Herr Rall?" Aha? Jetzt doch Zeit für Smalltalk, oder was? Oder war das tatsächlich medizinisches Interesse?

„Nicht so besonders." Kleinlautes Zugeben.

Zum dritten Mal – besonders unpassend – gluckste Doktor Böhmer jetzt leise. Doch als er sprach, war seine Stimme wieder spröde wie kaltes Metall.

„Das habe ich mir fast gedacht. Lassen Sie sich nicht entmutigen, bleiben Sie positiv. Das ist bisher die beste Möglichkeit für Sie selbst. Wie es dann direkt therapeutisch weitergeht, wird sich noch zeigen." Auch so positiv! Es kam mir vor, als ob hier eine geheime Motivationsabsprache stattgefunden hätte.

„Oooo – key...", machte ich langsam.

„Alles Gute für Sie, Herr Rall! Tschüs!"

„Tschüs, Herr Dok –" Da hatte der Arzt schon aufgelegt.

Ich gluckste jetzt auch so dümmlich wie Doktor Böhmer, als ich das Telefon sinken ließ. Wenn alle so redeten, dann konnte das heute Abend bei Svenni ja nur toll werden...

Laertes klingelte zehn Minuten zu früh. Ich stand noch mit der Zahnbürste im Maul im Unterhemd vor dem Spiegel.

Richtig schön in Schale geschmissen: rasiert, gekämmt, frische Klamotten an. Warum ich diesen Scheiß machte, war mir selber nicht ganz klar. Niemand auf der Feierei legte Wert auf Äußerlichkeiten – zumindest hoffte ich das.

Svennis Freundinnen und Freunde speisten sich wohl fast alle aus der Musikerklientel und waren dementsprechend eher an artistischeren Dingen interessiert als an glatten Wangen mit dem Duft von Aftershave.

Ich spuckte aus, zog ein frisches Bandshirt (russische Hardcoregruppe) über. *Kapellennicki* in unserer Szene genannt. Ich stieg diesmal in leichte Leinenschuhe und zog die Tür hinter mir zu.

„Na?", machte Laer nach der Umarmung.

„Na?"

„Gehen wir?"

Ich nickte.

Sofort im Gehen entstand Stille. Zu viel norddeutsche Schweigeenergie auf einem Haufen.

Svenni wohnte nicht weit weg, aber ich wusste nicht genau wo.

Laer führte den Weg.

Wir gingen einige Blocks in die Altstadt hinein. Mir war das eine der liebsten Gegenden der Stadt, was das Flair anging. Wie man es aus den Kulturstädten Hamburg, Berlin, Leipzig und so weiter kannte, schauten hier die alten Stuckfassaden ehrwürdig und geschlossen auf die schmalen Straßen herab (sofern sie nicht weggebombt wurden).

Die Wohnungen in den Altbauten waren begehrt und mittlerweile lebten nur noch wenig junge Leute wie Studenten und alternative Kunstschaffende hier. Meistenteils waren diese gutverdienenden Familien mittleren Alters gewichen. Lediglich einige große Wohngemeinschaften, die die hohe Mietlast gemeinsam tragen konnten, gab es noch.

In einer solchen WG mit weiteren sechs Menschen lebte Svenni.

„Digger, Svennsen wohnt in *der* Bude?", fragte ich Laer, als er vor einem besonders großen und schönen Schnörkelaltbau hielt.

„Ja, direkt unter dem Dach aber."

Also Treppen steppen. Man hörte schon Lachen, Stimmengewirr und Musik aus dem Dachfenster schallen.

Oben angekommen klingelte Laer, Svenni riss die Tür auf. „Ey, moin, Diggis!", jaulte er vergnügt. „Und Sammy ist auch mit am Start!", quietschte er noch in die Umarmung mit mir hinein.

„Moin Svenni, Digger!", sagte ich.

„Moin." Laer war wortgewaltig wie eh und je.

„Kommt rein – die anderen dallern schon rum!" Svenni winkte uns in die große Altbaubude. Obwohl er aus dem südlichen Niedersachsen stammte, hatte er sich einen starken Küstensound des Ostens angewöhnt.

Wir folgten ihm in die Küche. Dort hielt sich bereits eine größere Gruppe an Gästen auf. Vielleicht sechs, sieben Männer und vier Frauen. Alle trugen Flaschen in den Händen. Aus den Boxen der überforderten Küchenanlage quoll Old-School-Hip-Hop – eine alte Single, deren Rapper acht Tage nach dem Release erschossen worden war. Auf dem Tisch standen Speisen.

Laer und ich sagten unser Moin in die Runde und gingen selber zu den Getränken. Laer schenkte sich gleich Tonic und Gin ein, ich griff eine Matelimonade. Svenni griff sein Bier erneut und wir klönten einen Schlag.

Svenni fragte, wie die Musik gerade bei uns aussähe.

Er selbst war regional ganz erfolgreich als Frontmann einer Bluesrockkapelle unterwegs.

Laer antwortete, dass er noch immer Bass in seiner Funkkombo spielte.

„Und bei dir, Sammy? Keine Kapelle mehr?", fragte Svenni.

„Nein – leider nich'! Momentan auch nichts absehbar – nur Solokram!" Seit der Auflösung meiner letzten Progressiverockband, weil unser Schlagzeuger berufsbedingt wegziehen musste, spielte ich nur noch für mich selbst.

„Digger, urst schade!"

„Ja, Aller! Is' so!"

Laer nahm einen Schluck Gin Tonic.

„Willst du dir nicht wieder was suchen?", fragte Svenni.

„Ja... Mach ich – wird auch wieder, hab' momentan aber nich' so den Nerv dafür", antwortete ich.

Laer nahm einen Schluck Gin Tonic.

Svenni wusste nichts von meinen Depressionen und Halluzinationen.

„Wieso?", hakte er nach.

„Ja... Arbeit und so..."

„Na, arbeiten tun wir doch alle!", antwortete Svenni.

Ich blickte den Studenten Laer an, der gerade einen Schluck Gin Tonic trank.

„Ja... Aber... Naja... Hab' grad noch so anderes zu tun...", stammelte ich müde.

„Achso. Ja... na dann is' so!", sagte Svenni jetzt und ging sich wieder um seine anderen Gäste kümmern.

Alle im Gespräch vertieft, Musik laut, es wurde getrunken, es wurde gegessen. Ich stand mit Laer alleine trinkend in der Küchenecke – die ideale Chance, Therapeutinhausaufgaben zu erledigen.

„Laer, Digger?"

„Mhmhm?", machte dieser bestätigend und fragend mit Gin Tonic in der Schnute.

„Ernste Frage jetzt."

„So?" Er hatte den Schluck hinunter gebracht.

„Du hast nicht angefangen Pfeife zu rauchen, oder?"

Er kicherte etwas.

„Ernste Frage, ernste Antwort, bidde!", dehnte ich angespannt.

„Ja, nee! Natürlich nicht. Wieso sollte ich anfangen mit Pfeiferauchen? Das ist doch Quatsch! Du hattest das schon geschrieben! Das ist Quatsch, wirklich!", sagte er mehr zu sich selbst als zu mir.

Das heitere Rot meiner Wangen durch das Koffein der Mate rauschte aus meinem Gesicht, irgendwo in meine Füße und Waden herab. Genauso kalt stachelten jetzt meine Backen. Ich fühlte, wie die Matebuddel in meinem Handschweiß zu rutschen begann.

„Na, hätte doch sein können, dass du auch jetzt noch damit anfängst." Ich röchelte mehr, als dass ich sprach.

Wieder kicherte Laer: „Nein, kann nicht sein. Ich meine: Pfeife rauchen! Das ist doch nur was für nostalgiekranke Männer, die so desillusioniert von der großen Stadt sind, in die sie zugezogen sind, dass sie an ihren einfachen Aufgaben scheitern. Vielleicht noch Künstler, die sich mit populären Drogen nicht herausragend genug fühlen. Oder eben alte Männer und Opas über fünfzig und weit darüber hinaus."

Ich hatte meinen Chamäleonmodus für die Raufasertapete hinter mir aktiviert.

Diese Art der Charakterisierung hatte ich doch schon mal gehört? Und Laertes sprach darüber, als ginge es ihn nichts an. Oh-oh! Gar nicht gut...

„Letzte wirkliche Antwort: du rauchst nicht Pfeife – kannst du mir das aufschreiben?"

Wieder schaute Laer, als ob er an meinem Geisteszustand zweifelte – was ja auch schließlich völlig berechtigt war – nahm dann aber eine Serviette vom Küchentisch, einen Kuli aus seiner Jeans. In seiner ausgeschriebenen Künstlerhand mit Haken, Bögen und Schnörkeln notierte er:

Ich bin Laertes und ich rauche NICHT Pfeife.

„Danke!"

„Sammy, geht's dir gut? Du schwitzt voll!" Laertes öffnete seine Augen mehr als gewöhnlich, als er mich zitternd die Serviette mit der Nachricht in meine Hosentasche stecken sah.

„Nein, Digger!" Meine Stirn schwamm.

„Setzt dich erstmal."

Laer schob mir einen Stuhl unter den Hintern und reichte mir ein großes Glas Brause. Meine Mate hatte ich schon gestürzt gehabt.

Nachdem ich getrunken hatte, fragte er eindringlicher, als ich es von ihm gewohnt war: „Was ist los?"

„Du rauchst nicht Pfeife."

„Ja, normal. Wie kommst du da drauf?"

„Ich habe es aber anders gesehen."

„Das schriebst du bereits, aber was soll –"

„Laer, Digger! Du erinnerst dich, dass mir gesagt wurde ich habe Halluzinationen, ja?"

„Ja... Oh... Scheiße!" Auch Laer entwich nun die Wangenröte.

„Ja, Mann!"

„Du willst sagen... Ich als Pfeiferaucher war deine erste..."

„Ja, Digger!"

Laer schwieg und goss sich Schnaps und Brause ein.

Nach einigen Minuten des Schweigens – die anderen Party-gäste hatten nichts mitbekommen, lachten, soffen, redeten, fingen schon an zu der Musik leicht zu kreisen und rauchten am Fenster – sagte Laertes leise zu mir: „Ja, ist nun auch nicht zu ändern, oder?"

Ich nickte schwitzend. War auch nichts zu ändern. Nur war jetzt vollends zu akzeptieren, dass alle Vorwarnungen der Ärzteschaft zutreffend gewesen waren. Falls man das überhaupt akzeptieren konnte.

Ein Sonnenstrahl rollte in dem Moment in die Küche mit den frohen und dem Rest geschockten Menschen.

Ich musste wieder die Augen zusammenkneifen. Einmal mehr schien mir die Sonne wie flüssiger Stahl zu sein, der in den Raum gegossen wurde.

„Verfickte Scheiße, ist das hell!", fluchte ich ernstlich.

„Was?" Ich merkte, wie abwesend Laer war und auch wie besoffen er bereits klang.

„Ach, nichts, alles gut." Ich stellte mich weiter in den Schatten und rieb meine schmerzenden Augen. Tränen wuschen meine Fingerkuppen.

Auf den leuchtenden Fußbodenfliesen der Küche, die gleißend die Strahlen reflektierten, sah ich inmitten von tanzenden Staubkörnern plötzlich einen schwarzen Silhouettenschatten vorbeihuschen. Eine Möwe war am brennenden Stern, der so unbarmherzig unser Leben befeuerte und doch erst dieses möglich machte, vorbeigesaust.

Wie eine Möwe über der Stadt. Über den Dingen.

Augen zu und durch, das war jetzt die Devise. Frau Doktor Lowag hatte doch ohnehin schon angedeutet, dass Laers Rauchen eine Hallu war. Frau Doktor Lowag hatte auch den Schlüssel geliefert, über allem zu stehen. Und die Augen zusammenkneifen war in Anbetracht der schrecklichen Blendung ohnehin keine schlechte Idee.

„Wir müssen jetzt nicht an diese Halluscheiße denken, Laer!"

Er sah mich mit glasigwerdendem Blick an, nickte dann aber entschlossen.

Wir mischten uns nun direkt unter die Menschen. Laer war jetzt auf Knopfdruck betrunken. Er brabbelte irgendetwas zu den anwesenden Frauen, dass ich mich beschämt abwandte und mit Svenni synchron ein paar Sechzehner aus der Anlage mitrappte, die noch immer gequält schepperte – immer aussichtsloser gegenüber der lauter werdenden, weil besoffener werdenden, Partymenge.

„Bäh, Digger! Couscous!", sagte ich, als ich das Büffet checkte.

„Wat is' mit dir, Jung'?", fragte Svenni.

„Habibi, ich hasse Couscous!"

Svenni machte ein trauriges Gesicht: „Aber ich hab' mir extra die Mühe gemacht und einen Salat zubereitet und da is' nu' eben Couscous drinne!"

In diesem Moment fühlte ich mich wie ein Scheusal.

„Sorry, Digger! Aber da bin ich einfach Bauer! Kartoffeln wären mir lieber gewesen!"

Ich tätschelte Svenni entschuldigend die Schulter und er sah jetzt auch nicht mehr traurig aus. Glück gehabt.

Natürlich wurde dann der Salat trotzdem aufgekellt und ich nahm mir noch eine Brause.

Wieder saß ich blinzelnd in der Küchenecke. Da es nicht mehr so hell war, konnte ich endlich entkrampfter auf die Szenerie schauen, während ich das Essen in mich reinschaufelte und von der Brause trank. Couscous ist die traurigste unter den Beilagen, aber natürlich besser als nix zu essen.

„Jung', warum trinkst du gar nichts?", fragte mich Svenni, als er wieder zu mir trat.

„Digger, der Salat lässt sich doch fressen – Danke dafür!", wich ich seiner Frage aus.

Svenni lachte: „Dankschön! Aber das war nicht die Frage!"

„Ich trink doch hier –" Ich schaute auf die Flasche in meiner Hand – „Ähm... Melonenbrause."

„Ich meint' Alkohol, Diggi." Svenni schaute verschmitzt.

„Is' so! Ja, also ich vertrag die Sauferei momentan nich' so gut...", käute ich uninspiriert wieder.

Svenni kannte mich aus Zeiten, in denen wir uns regelmäßig nach Konzerten hatten volllaufen lassen. Ich hatte mit ihm mehr Biere gekillt als Sylvester Stallone Komparsen in seinen Filmen.

Plötzlich nagelte er mich mit einem direkten Blick fest, den ich bereits für unmöglich gehalten hatte, im Zuge seines Suffs und flüsterte: „Sammy, du schlurfst grad in einer Depression rum, richtig?"

Ach du Scheiße! Der Jung' hatte genau ins Schwarze getroffen.

„Svenni, Digger! Woher weißt du das?"

„Sammy, Digger! Du glaubst wohl ich bin nicht aufmerksam, wa'?"

In diesem Moment grinste er und hielt mir seine Bierbuddel genau unter die Nase. Erst dachte ich, er wollte mir einen Schluck anbieten, doch dann bemerkte ich, dass auf dem Etikett *alkoholfrei* stand. Ich erkannte auch erst jetzt, dass die Flasche ein anderes Design hatte als die des Kastens, der in der Küche offen stand und dessen sich alle bedienten.

„Du säufst auch nicht?"

„Is' so, Jung'!", antwortete Svenni grienend, nickend.

„Warum?"

„Ich nehme an, aus den ähnlichen Gründen wie du!"

Ich schaute in Svennis dunkle Augen. Irgendwo tief darin lag ein Schleier von nebligem Kapitulieren. Von resigniertem Lachen im Angesicht von Aussichtslosigkeit.

Ich sah rüber zu der Menschenmenge. Alle lachten. Einige tanzten zu der Musik, andere rauchten grinsend und quatschend am Fenster, andere tranken schnackend Bier, Wein, Drinks.

„Scheiße, Aller", brachte ich hervor.

„Gibt Schlimmeres, Sammy."

„Ja... Natürlich. Aber es gibt auch Schöneres. Sorglosigkeit zum Beispiel."

„Man kann nicht jeden Luxus haben." Noch immer grinste Svenni. Ich hatte ihm – um ehrlich zu sein – so viel Verkopftheit gar nicht zugetraut.

„Scheiß auf den Suff, nur Perspektive und Lebenssinn wäre nicht zu viel verlangt. Aber letztendlich meckern wir auf hohem – zu hohem – Niveau, nicht wahr?"

„Ist so, Samuel."

Oha. Mein richtiger Name hatte immer etwas Furchtbares und Absolutes. Ich schaute auf meine Armbanduhr: Viertel elf.

„Lass ma' nu' Feierei machen, Habibi. Ohne all diese dunklen Drecksgedanken." Ich murmelte wie betrunken, mit starrem Blick auf den Rest der Partycrowd.

„Wollt ich auch grad vorschlagen, Sammy-Boy. Wir verstehen uns."

„Danke", setzte ich nach.

Bis zur Mitternacht funktionierte der Plan jetzt erstaunlich präzise: Svenni und ich rappten, sangen, moshten mal abwechselnd, mal gemeinsam zum Schepperradio in der Küche, Laertes erzählte betrunken krudes Zeug mit den anderen Gästen, die dann und wann teils mir und Svenni zum Tanze beipflegten, sonst soffen, rauchten, schnackten.

Die Uhr führte auch ihren Rundtanz zur Musik und es war plötzlich um null Uhr.

Alle drückten Svenni. Als ich an der Reihe war, sah ich ihm erneut in die dunklen Augen. Darin leuchtete Dankbarkeit, nur weil ich da war. Oder es war die Dankbarkeit, die ich selbst ihm gegenüber empfand, die seine Augen bloß spiegelten? Dankbarkeit aus meinen Augen abgestrahlt.

Selig sind die, die da Leid tragen; denn sie sollen getröstet werden.

Schon wieder fiel mir die Bibel ein – wenn das so weiterging, konnte ich bald respiritualisiert ein manischer Straßenprediger werden.

„Alles Gute zum Geburtstag, Digger!", brummte ich.

„Danke, Habibi!", antwortete Svenni.

„Digger, ich hab noch ein Geschenk für dich!"

„Ernsthaft, Diggi?"

Die bedenkliche Häufung, mahlende Redundanz der Universalanrede *Digger* war generell nicht fremd in diesen Gefilden. Jedoch musste selbst ich, der ich große Mitverantwortung an dieser Sprachverschönerungspraxis trug, erkennen, dass zunehmender Abend, Alkohol und Aktionen der Menschen die Frequenz der Anrede und den Partikelgebrauch derselben stark erhöht hatten.

„Ernsthaft, Digger!"

Ich zog ein Kuvert aus der Tasche, gab es ihm.

Svenni öffnete das Papier und zog die Karten heraus.

„Digger! Zwei Gutscheine für ein Konzert meiner Wahl in Hamburg?"

„Isso!"

Er umarmte mich. Es war ein einfallsloses Geschenk. Gutscheine einer Eventfirma, aber Svenni liebte Live-Musik. Ich wusste, dass es funktionieren würde.

Der Abend rollte sich weiter aus, wurde wütend, wurde wahnsinnig. Ich trank eine Mate nach der anderen und bald war mir schwindelig und schlecht. Es ging auch ohne Alkohol – sich selbst ekelhaft machen war keine Leistung.

„Digger, schmeckt das göttlich!", keuchte Hinnerk, einer von Svennis Mitbewohnern und Couscouskörner bombardierten bei seinem Sprechen alle um ihn Stehenden.

„Digger, du bist besoffen und deshalb schmeckt das so!", klärte ich ihn auf, „Couscous ist die traurigste Beilage, die es überhaupt gibt!", fügte ich hinzu.

„Sammy, du laberst Scheiße!" Hinnerk schwankte, schaute mich wütend an und Couscous wurde mir ins Gesicht gespuckt.

„Fo' real! Kartoffeln wär'n viel geiler gewesen!"

„DU BIST EIN SCHEIßNAZI, WEIßT DU DAS?", eskalierte Hinnerk nahtlos.

Laer schaltete sich bedrohlich wankend von hinten in das Gespräch ein, um die Situation zu schlichten:

„Hinnerk… Kartoffeln… sind doch… auch traurig…"

„DAS' DOCH ALLES SCHEIßE!" Hinnerk nahm erst richtig Fahrt auf.

„Ja... alles was nicht Fleisch ist... ist traurig...", spitzte Laertes zielsicher die Situation weiter zu.

„Digger, das' jetzt aber Quatsch", wandte ich mich nun an Laertes.

„IHR SEID... NAZIS! EY, SVENNI MACHT ALLEN WAS ZU FRESSEN UND IHR LEBT EUREN FOODFASCHISMUS AUS! WAS... WAS IS' DENN LOS... MIT EUCH?"

„Digger, kannst du mal bitte etwas leiser reden?", bat ich Hinnerk, denn meine Ohren klingelten und mir stieg Erbrochenes im Halse vom ganzen Koffein hoch.

„SACH MIR NICH', WAS ICH SOLL, DU FASCHIST! KA– KA... RrrRRrr... TOFFELFASCHIST!" Hinnerk konnte sogar noch lauter, beim kehlig vokalisierten R wackelnd.

In diesem Moment kam glücklich leuchtend Svenni in die Runde: „Hinnerk! Lass ma' gut sein! Sammy mag den Salat auch!"

„WIRKLICH?" Er brüllte immer noch.

„Ja klar, Hinni!", lächelte ich ihn an.

„OKAY! SCHÖN... SCHÖÖÖÖN! SCH–SCHÖÖHÖÖÖN!", brüllte er und versuchte mich blickend zu fixieren, doch er sah definitiv mehr als einen Samuel vor sich stehen.

„Der Couscoussalat ist ganz lecker", setzte ich nach. Zuversicht in meiner Stimme.

„Du bist voll 'n cooler Typ, Sammy!", fiel es Hinnerk jetzt stiller ein, „Lass dich ma' drüüüggen! Uuuuund... dich auch, Svenni un– un... d... wie du heißt!", noch an Laertes gewandt.

„Laertes", antwortete ihm Laer nach der Umarmungsrunde.

„WIE?" Die alte Lautstärke von Hinnerk war zurückgekehrt.

„LAERTES!" Laer hob auch an.

„LAH... EHRT ES?", wiederholte Hinnerk in der Hoffnung, dass wenn er lauter spräche, sich der Name ihm deutlicher gestalte-te.

„Ja, Laertes!", bekräftigte Laer.

„WER EHRT WAS? WAS IST LAH? MEINST... MEINST DU LAW? ENGLISCH? GE–GESETZ?"

„NEIN!" Jetzt schrie auch Laertes.

„ICH EHRE DAS GESETZ, SO... MEISTENS!" Der Pappteller mit dem Rest Couscoussalat fiel auf die Küchenfliesen, bereit, von den nächsten Socken durch die Wohnung getragen zu werden. Hinnerk hatte nicht bemerkt, wie ihm der Griff versagt hatte.

Svenni ging um einen Handfeger zu holen, ich blieb bei den beiden, die sich auf einem halben Meter Entfernung anschrien wie Matrosen im Sturm.

„KOMMT AUF DAS... GESETZ AN!", eröffnete Laer jetzt die rechtsphilosophische Stunde.

„JA, MANN!", bölkte Hinnerk beipflichtend.

„ICH... MEINE... CANNABIS, NÄ?", begann Laertes das Offensichtliche.

„JA... JAAAA... DIGGGGÄÄÄÄ!" Hinnerk taumelte gefährlich.

Ich verzog mich schnell, um der besoffenen Irrendiskussion zu entkommen und huschte in die andere Ecke der Küche...

Dort war es nicht großartig besser. Zumindest was die Lautstärke anging.

Das Radio hämmerte gerade betäubend *Lady Marmalade* in der originalen Version aus den Siebzigern raus und die Hammondorgel des Stücks klang gänzlich so, als plante sie alle wie eine Dampfwalze zu überrollen: gnadenlos, hart, schwer, langsam, aber unausweichlich. Es war ein phänomenal guter Sound.

Dazu aber schrien Katja, Mira und Thorben – alles drei Musiker aus der städtischen Szene – den frivolen Text mit.

Den dadaistischen Anteil des Refrains schafften sie ganz gut, das Französische hingegen hätte jeden Revolutionär freiwillig zur Guillotine geführt, um es nicht anhören zu müssen.

Dabei hielt Mira einen Joint in der Hand, der bequem zweimal so lang wie ihr Zeigefinger war und mindestens so dick.

„BIERDUSCHE!", brüllte da schon Ben – der Schlagzeuger von Svennis Kapelle und gleichsam einer der Mitbewohner – hinter den tanzenden Mädchen.

Ich sah in Zeitlupe eine schäumende Schlange auf mich zu springen. Sechs Sekunden später waren wir vier getränkt in Bier. Von oben bis unten benetzt vom Hopfenwasser. Haare, Shirts, Büx – alles durch.

„MANN, BEN! DU ARSCHLOCH!", kreischte Katja, während ihre Schminke begann gruselig zu verlaufen.

Dieser lachte dümmlich, hielt sich seinen Bauch. Dann wollte er einen Schluck aus seiner Flasche nehmen, doch sein Blick wurde traurig, als er bemerkte, dass die Buddel nun leer war.

Mira führte ihren Joint zum Mund und zog. Die Tüte hing durchtränkt an ihren Lippen und war nicht mehr zu rauchen. Sie hatte es nicht mitbekommen.

Svenni, gerade vom Fegen zurückgekehrt, eilte herbei um die Situation zu entschärfen.

„Mensch, Ben! Diggi, wat soll das?"

„Was?"

„Na, die Bierdusche?"

Tatsächlich versuchte Ben jetzt eine rationale Antwort auf die Frage zu geben. Er strengte sich richtig an und ich sah eine Nachdenkfalte auf seiner Stirn. Ehrenrettung!

Thorben und Katja – letztere jetzt bereit, um optisch in einer Black-Metal-Band statt in Laers Funkkapelle zu singen, dank des unfreiwilligen Corpse Paints – hatten indes fortgefahren zu tanzen und weiter Phantasiefranzösisch zu singen. Mira stand weggetreten dabei und sog noch immer an ihrem erloschenen Joint.

„Ich... weiß... nicht...", brachte Ben jetzt raus. Es sollte die Antwort auf Svennis Frage sein.

„Ja, dat hab' ich mir gedacht." Svenni lächelte mit unbrechbarer Geduld. „Warte, ich hole dir ein neues Bier."

Das verstand Ben: „Danke, Svenni!"

Dieser kam auch sogleich zurück und gab ihm eine volle Flasche.

„Bier schmeckt voll gut!", sagte Ben ruhig. Mehr monologisch als an uns gewandt.

„Wirklich?", versuchte ich es mit Ironie.

„Ja wirklich, Sammy!" Ben schaute mich ernst und durchdringend an, als hing sein Leben davon ab, mich von der Wohlgeschmacktatsache des Bieres zu überzeugen.

Svenni drehte sich zu mir: „Lass ma', Sammy. Ben hat sich wat reingefahren – der versteht den Witz nicht."

„Okay."

Wieder lächelte Svenni: „Boah, ganz schön anstrengend, sich nüchtern mit all den Besuffskis hier rumzuschlagen."

„Ich bewundere deine Ruhe", gab ich ehrlich zu.

„Na, Digger! Is' ja meine Party und ich weiß, dass das alles liebe Menschen sind!"

„Ja… Ist so… Wie läuft's bei Hinnerk und Laer?"

„Als ich grad gefegt habe, haben sie sich drüber unterhalten, ob das Gewaltmonopol des Staates eigentlich der Gewaltenteilung entspricht. Und wie viele Gewalten es denn eigentlich gibt, neben den drei bekannten, wenn jeder Polizist eine eigene Gewalt darstellt."

„Keiner von denen hat doch was mit Jura am Hut, oder?"

„Nee, auf keinsten!" Wieder lachte Svenni. „Ich geh mal weiter hören, was die so sagen…"

Damit war er schon wieder am anderen Küchenende.

Ich blickte ihm nach, sah, wie er zu den Restgästen am Fenster ging, etwas abseits von dem brabbelnden Philosophenpaar.

Ich wandte mich dann um: Katja und Thorben tanzten, vielmehr hotteten. Ben stand zuschauend und genoss sein neues Bier.

Mira stand alleine traurig und biergetränkt da, mit totem Joint.

Das konnte ich so nicht mit ansehen.

Ich versuchte zu ihr durchzudringen: „Mira?"

Sie drehte mir in Faultiertempo den Kopf zu.

„Sammy?"

„Du, Mira… Deine Zigarette, die is' aus!"

„Meine… Zigarette?"

„Dein Joint?", versuchte ich es.

„Ja… Was?"

„Der ist aus! Feucht geworden."

„Wer?"

„Ach, egal – vergiss es!" Ich seufzte.

„Du… Sammy?"

109

„Ja?"

„Ich bin irgendwie… nass."

„Das war Ben, Mira."

„Ben?"

„Ja… Der hat mit Bier gespritzt!"

„Mit Bier? Wieso?"

„Boah… Keine Ahnung… Fand er wohl lustig?"

„Aber… Das ist nicht lustig…"

„Nee! Is'… das nich'."

Mir schwindelte es. Mira steckte sich den nassen Joint zwischen die Lippen und zog stark. Nichts geschah.

„Ich habe heute wieder meine Menstruation bekommen", sprach Mira wie aus dem Nichts.

Okay… Diese Konversation schien mir trotz meines Schwindels und der vordringenden Müdigkeit, oder gerade wegen jenen, zu komplex, als dass ich sie nachvollziehen konnte, geschweige denn an ihr partizipieren.

Eine Windbö preschte durch das geöffnete Küchenfenster. Es konnte nicht mehr lange dauern, bis die exekutive Gewalt in Form der Polizei wegen Lärmbelästigung hier aufkreuzte.

Sofort fror ich, denn das nasse Kapellennicki klebte sich durch den Wind unmittelbar kalt auf meine Brust.

Höchste Zeit für mich abzuhauen. Mir tanzten bunte Lichter auf den Augen, als ich mich zum dunklen Flur umdrehte.

Mira hatte mich bereits vergessen. Sie starrte vor sich hin.

Ich plante jetzt spontan den Abgang ohne Verabschiedung.

Man pflegte solche Art von Partyverlassen hier mit einem

Nachbarland zu verknüpfen. Plumpe Stereotypen – war es doch oft klug so abzuhauen!

Beinah wäre ich auf die Fresse geflogen, als mein Kreislauf zusammensackte, nachdem ich zu schnell vom Schuhezubinden wieder hochkam. Doch ich schaffte es, die Tür zum Treppenhaus zu öffnen und roch die Freiheit.

Auf der Straße sog ich tief die Nachtluft ein. Frühling gewiss, aber noch nicht warm. Alles rauschte um mich. Vom Dachfenster schallte es penetrierend in die Nacht hinein.

Ich ging zwei Häuserecken weiter, da sah ich von Ferne schon das Blaulicht der Polizeiwagen. Schnell! Bloß nach Hause!

Ich erwachte am Sonntag mit Hirn zerspanender Migräne. Es gab keine Gerechtigkeit! Warum diese Schmerzen? Jetzt war ich schon nüchtern – zumindest wenn man das Koffein nicht mitzählte – ins Bett gegangen und nichts hatte es für sich.

Tamara kam zu mir ins Schlafzimmer. Sie schaute, als habe sie die Hände in die Seiten gestemmt, jedoch trug sie ein Tablett.

„Mara…", keuchte ich mit bohrendem Kopf und bei jeder der zwei Silben wurde der Schmerz widerlicher, „Kannst… du mir… bitte… Wasser bringen?"

Sie hatte eine Tablette und ein großes Glas bereits dabei. Früher war das öfter ihre Sonntagsbegrüßung für mich gewesen. Sie war ein Orgagenie.

Nach der Tablette und einer dreiviertel Stunde konnte ich aufstehen.

Tamara saß traurig auf der Couch und las in einem Buch.

„Hey, na?", begrüßte sie mich.

„Moin. Danke für die Tablette und das Wasser."

„Ja. Gerne. Wie war die Party?"

„Ja, ganz gut. Etwas chaotisch."

Sie lächelte schwach, erneut ihr Fake-Lächeln.

„Is' was?", fragte ich noch immer schädelbrummend.

„Du hast gestern gesoffen, nä?" Sie klang wackelig und ich sah ihre Verletztheit durchbrechen.

„Wat? Nein! Ich–"

„Sammy, dein ganzes Zeug stinkt nach Alk! *Du* stinkst nach Alk!"

„Ich wurde in Bier geduscht! Von Ben!"

Mara hob eine Augenbraue.

Ich fühlte mich elend und sollte das jetzt eine Anklage werden?

„Überhaupt! Das wäre doch meine Sache, Mara?"

„Sicher, aber ich weiß auch, was die Ärzte dir gesagt haben, zu den Psychopharmaka und dem Saufen."

„Ich geh duschen...", hauchte ich kaputt und ging aus dem Wohnzimmer.

Der Sonntag wälzte sich schrecklich durch die Zeit und erst am Abend ging es mir etwas besser. Jedoch hatte mich den ganzen Tag über wieder die Helligkeitsempfindlichkeit geplagt.

Beim Abendbrotstisch fragte mich Mara (sie hatte sich wieder beruhigt): „Sind die zwei Karten eigentlich angekommen?"

„Die Karten sind sogar sehr gut angekommen!" Ich lächelte, als ich mich an Svennis glückliches Gesicht in der Nacht erinnerte.

Mara stellte ihre Teetasse aus der Linken, warf mir wieder einen ihrer sarkastischen Blicke zu und mir erschienen ihre Augen dunkel und neugierig. Dann lächelte sie: „Gut!"

„Urst! Mein Vadders Geburtstag ist dann ja auch in zwei Wochen am Freitag!", raschelte ich sprechend bartkratzend.

„Das ist richtig, aber wieso *auch?*"

„Na *auch*, weil Svennis Geburtstag ja heute schon war!"

Jetzt hob sie ihre Augenbraue wieder: „Achso…"

„Na, klar! Ist sicherlich auch nich' ganz verkehrt immer etwas zu tun zu haben! Sich die Normalität einzuplanen."

„Bestimmt nicht! Wo ist eigentlich die Party von dei'm Vadder nochmal?", fragte Mara nun.

„Auf irgend so 'nem Dorf, in so 'ner Gastwirtschaft. Mein Vadder hat da den Saal gemietet und so."

„Da fahren wir denn mi'm Auto hin?"

„Ist so." Ich nickte. „Anders ist da kein Hinkommen."

„Provinz."

Ich nickte erneut.

„Naja – das Aufgeben von Regionen ist ja nichts Besonderes mehr", sagte sie bitter.

Ich hatte Schwierigkeiten zu nicken.

„Wen hat dein Papa denn alles eingeladen?"

„Boah, keine Ahnung… Seinen Bruder, Freunde – alle möglichen Leute."

„Kennen deine Eltern denn so viele Menschen?"

„Naja… schon – aber ob sie so viele trotzdem als Freundinnen und Freunde handhaben und deshalb einladen, wage ich doch zu bezweifeln", grübelte ich.

„Widersprüchlich!", murmelte Mara und grinste wieder breit, um in ironischer Manier ihre schönen Zähne zu präsentieren.

Ich legte mich nach dem Essen früh ins Bett. Morgen biss mir ja wieder der Alltag in den Arsch. Und ich war zufrieden: Tamara schien sich etwas gefangen zu haben, mir ging es soweit ganz gut – ich war noch immer fähig zu Sozialem...

Kapitel 09 – In der Medienbude

Der Montag kam mit Kotzegeschmack morgens im Maul. Normal. Der pflegt sich den Arbeitenden ja immer so anzukündigen. Tamara war schon wieder vor Stunden aufgestanden, als mein schlimmer Wecker in den Morgenstunden schrillte. Ihrer hatte uns noch in den Nachtstunden geweckt. Ich war jetzt alleine.

Noch immer etwas geknickt vor Müdigkeit machte ich mich fertig, soff meinen Schokelmai unter Zeitdruck. *Sammy Schokelmai* – cooler Name für 'n Pseudonym übrigens! Wäre ja denkbar, die Affenprosa und am besten noch ein Musikalbum unter dem Namen zu veröffentlichen...

Schließlich stieg ich wieder mit frischem Kapellennicki (lokaler Rap) auf mein Fahrrad und fuhr runter in die Stadt zur Medienbude.

Carin saß an ihrem Schreibtisch. Wohl schon seit Stunden, als ich ankam. Sie war ein bisschen ein Workaholic, aber ein ganz angenehmer – nie kehrte sie bräsig raus, dass sie viel und hart arbeitete.

Um aber auch ehrlich zu sein, kannte ich kaum Leute in meinem *Betrieb*, die nicht viel und hart arbeiteten, mich selbst eingeschlossen. Aus Witz hatte ich einst gesagt, hier in der Medienbude werden unter Journalisten mehr Burnouts gemacht als auf einem Kleinstadtsupermarktparkplatz unter Teenagern, die gerade das erste Mal motorisiert sind.

Kam nicht gut an... Besonders nicht bei mir selbst...

In der Montagsrunde, in der programmliche Arbeit besprochen wurde, fühlte ich mich unangenehm berührt, durch all die aufrichtig scheinenden Rückkehrfreudebekundungen. Mir wurde ein recht einfacher Recherchejob aufs Auge gedrückt, wohl um mich am ersten Tag nach Monaten nicht zu überlasten.

Ich saß bald an einem dieser schrecklichen Silbercomputer, denen Tasten fehlten, und surfte im Netz. Führte einige Telefonate, notierte mir Dinge auf einem Block beim Telefonieren, tippte Sätze in meinen Text danach.

Ich hatte vergessen, wie stumpf die Arbeit teils war, doch dann freute ich mich wieder, solche eingebläuten Prozeduren abspulen zu können und beim Schreiben richtig aufzudrehen.

Die Sätze wurden böse. Zynisch schilderte ich die Situation und kommentierte meinen Bericht am Ende sarkastisch.

Scheiße! Wie war das passiert? Ich hatte die Affenprosa mit auf Arbeit genommen!

Als ich Carin etwas später den Entwurf schickte und nach einer Mittagspause zu ihr ins Büro kam, um den Text zu besprechen, schaute sie mich düster an.

„Sammy! Wat' is' dat denn?"

„Wat?"

„Na, dein Text!"

„Wieso?"

„Wenn ich mich recht erinnern sollte, solltest du doch nur recherchieren, Material zusammenstellen, filtern und zusammenfassen, damit Schusser den Text ausformuliert auf die Website bringen kann."

Schusser war mein Bürokollege. Pascal Schuss. Ein begabter, aber verwirrter Typ. Etwas jünger als ich, aber ihm stand eine glänzende Medienkarriere bevor, wenn er es schaffte seine Konfusion und Oberflächlichkeit zu überwinden. Haha! Seine Konfusion überwinden... Sagte ja gerade der Richtige...

„Ja... Nee... Schusser is' Mittag essen."

„Samuel, das beantwortet nicht die Frage."

„Was ist denn mit dem Text, Carin?" Ich versuchte es mit höflichem Dummstellen. Das funktionierte bei mir nie.

„Sammy! Der Text ist schon lustig, aber den können wir so unmöglich online stellen!"

„Wieso denn?"

„Du machst dich über alle Beteiligten indirekt – wenngleich beeindruckend subtil – lustig. Das ist auch tatsächlich witzig, aber unsere juristischen Kapazitäten für Klagefälle sollten wir ja nicht leichtfertig einsetzen, oder? Und die Wortwahl ist ja besonders merkwürdig! Haben das Bonobos per Zufall aus dem Duden gesucht? Und was ist das für eine inkonsequente Syntax? Liest sich, als wären Flaschen weggeworfen worden und wie beim Teesatzlesen hat man den Splittern so Wortarten zugeordnet und dann aufschreibend zusammengefügt, wo sie lagen."

Ich war beeindruckt. Carin merkte man ihre profunde journalistische Ausbildung an, sobald sie ins Detail ging. Sonst konnte sie erstaunlich norddeutsche Unscheinbarkeit ausstrahlen.

Nun schien ihr aber einzufallen, dass das, was sie gesagt hatte, eventuell als beleidigend aufgefasst werden könnte und sie entschuldigte sich: „Also, es ist 'ne *gute Schreibe*, nur so nicht im Rahmen unserer Bedingungen publizierbar!"

Leute, die das Wort *Schreibe* für die persönliche Manier und Schriftdiktion zur negativen Kritik nutzen, gleichsam *Sprech* oder *Spreche* beim mündlichen Duktus, hatten mehr Sprachverwahrlosung vorangebracht, als sie vorgeblich zu retten suchten. Immer wieder hatten hilflose Fachleute, im Innern verfault von katatonischer Konformität und gepeinigt von korrodierter Kodifizierung, versucht mich dahingehend anzugreifen, um wahrhaftig ihr Ego obszön zu stimulieren. Ich lebte aber noch immer mit meinem *Sprech* und meiner *Schreibe*.

„Ja, nee: Is' scheiße! Okay, ich geb' einfach mal meine Recherche an Schusser weiter!", lenkte ich ein.

Keinen Bock auf linguistisch-juristische Reflexionen – meine Unizeit war vorüber. Ich hatte eh nie damit gerechnet, dass ich das veröffentlichen durfte. Alles ein bloßes Experiment.

Wenigstens hatte Carin das Wort *Schreibe* positiv benutzt und nicht wie sonst üblich mit so blasierter Pejorativität.

Carin machte jetzt ein besorgtes Gesicht. „Du kannst demnächst wieder publizieren, Samuel. Aber ich möchte, dass du dich erst mal wieder in den *Betriebs*alltag einfindest!"

Da war's wieder: *Betrieb*. Passte immer noch nicht. Ich musste an Großkantinen, Industrieschornsteine und Firmenbarkas denken. So wie es mir meine Eltern erzählt hatten, so wie ich es in ihrem Buch *Weltall Erde Mensch* gesehen hatte, das ich auf unserem Dachboden einst gefunden hatte. Bunte Bilder einer utopisch-schönen Gesellschaft, gänzlich vom Hauch einer friedlich-erlösenden Science-Fiction ergriffen. Dass die DDR eine katastrophale Ökobilanz hatte, wird in den Bildern nicht gemalt und die gezeigten Schornsteine waren nur ein Grund dafür. Die Technik war in den Siebzigern schon sehr am Veralten und in den Achtzigern war aus der Science-Fiction dann Fantasy geworden. An die Erlösung hat schon nach einigen Jahren niemand mehr ernstlich geglaubt: *Bautzen's calling*, *Digger!* Einzig der gemeinschafliche und kulturelle Aspekt, der so bunt herausgemalt wurde, kam mir aufrichtiger vor als in der jetzigen Werbung. Scheiße, noch immer alleine am Scheideweg stehend!

Der lütte Samuel Rall möchte gerne von der Gabelung zwischen zermalmendem Turbokapitalismus und pseudosozialistischer Parteidiktatur abgeholt werden! Der lütte Samuel Rall, bitte!

Ich gluckste über meine Fantasie, fast fühlte ich mich wie im schwedischen Möbelhaus.

Wäre auch eine gute Idee, für ein *Affendrama* unter der Gerechtigkeit des Geschriebenen: *Warten auf Utopot.* Von *Samuel Rallett.* Plot: die Typen Oregano und Kasimir warten auf einen Dritten namens Utopot, auf einer Landstraße. Aber nicht undefiniert, sondern an einem Scheideweg zwischen Zeiten und Ideologien.

Immer wenn ihnen das Warten überdrüssig wird, kommt ein Werbefachmann oder eine Parteisekretärin und animiert sie weiter auf den ominösen Utopot zu warten – der natürlich nie kommt – und Oregano und Kasimir verkümmern an der Weggabelung.

„SAMMY? Hörst du überhaupt zu?" Carins Ton schien zwischen ärgerlich und besorgt zu liegen.

„Ja, ja… Sicher!", zerriss ich das Band des Tagträumens, „Sag einfach Bescheid, was ich wie zu tun habe, ja? So finde ich mich am besten wieder ein!"

Carin zögerte: „Okay… Magst du mir überhaupt erzählen, was denn genau los war?"

„Du hast doch die Krankschreibung gelesen, oder?"

„Ja."

„Na, dann brauch ich dir das doch nicht alles sagen, oder?"

Carin schaute jetzt verstört, beleidigt, verängstigt.

Ich lenkte wegen ihres Blickes nach einigen Sekunden Schweigebelastung ein: „Ich bin psychisch krank, Carin. Ich habe Depressionen und ich bin jetzt auch noch von Halluzinationen betroffen."

„Ach du scheiße!", kam es von ihr erstickt.

Die Krankschreibung war natürlich nicht so explizit gewesen.

„Ich bekomme starke Tabletten und damit, hoffe ich, pendelt sich alles wieder ein – nur die haben auch ziemlich dolle Nebenwirkungen."

„Aber… kannst du dann überhaupt arbeiten?"

„Dat löppt!", positivierte ich.

„Sagst du bitte Bescheid, wenn du Hilfe brauchst und es nicht mehr geht?"

„Mach ich! Ich übergeb' jetzt meine Recherche Schusser, wenn der vom Fressen wieder rein ist."

Carin nickte nachdenklich, ich machte, dass ich rauskam.

Schusser schrieb aus meiner Zuarbeit tatsächlich einen Artikel, der überdurchschnittlich gut war und voraussichtlich weniger Klagen uns gegenüber provozieren würde.

Ich fuhr zufrieden durch die Sonne nach Hause und hatte an meinem ersten Tag nur eine Überstunde gemacht.

Am nächsten Tag hatte ich kaum das Gefühl, je zeitweise aus dem Job rausgewesen zu sein. Bis zum frühen Nachmittag hetzten wir alle durch die Gänge, bölkten Telefonate, Schweißtropfen an den Schläfen herablaufend. Es hatte sich lokalpolitisch und auch in anderen Bereichen einiges ereignet – mehr als ich von einem Dienstag kannte – und ich musste feststellen, als mein Körper gewisse Signale wie Durst, Hunger und Miktionsdrang meldete, dass ich diesen unmöglich nachgehen konnte, weil es nicht in die Schedule passte.

Schusser war eine Supernova des Kreativchaos'. Ich konnte mich damit gut identifizieren. Auch konnte ich eine solide Unterstützung leisten. Vielleicht war ich auch eher die Kreativität und er mehr das Chaos, ich weiß es nicht genau. Auf jeden Fall hatten wir nach mehreren Anläufen, ergrauenden Haaren und Verwerfungen zwar nicht schneller als unsere Kolleginnen und Kollegen, doch fundierter und unterhaltsamer, drei Artikel und eine kleine Rubrik veröffentlicht. Also Pascal hatte es. Ich war nur Hilfe gewesen – Carin versprach mir, dass ich ab Donnerstag wieder selbst publizieren durfte.

Der Grund für diese Indulgenz war mir nicht ganz klar, aber noch verletzte sie mich nicht.

Umso feuriger ich arbeitete an diesem Tag, umso feuriger wurde der Monitor, auf den ich gezwungen war zu starren.

Die Ritter des Photonenordens führten einen neuerlichen Kreuzzug gegen meine Sehnerven, von anschwellender Intensität. Ich schaute zu Schusser rüber, der trotz warmen Frühjahrswetters mit Lederjacke vor dem Computer saß und fragte mich, ob ich ein zu stranges Bild abgäbe, wenn ich mir meine Sonnenbrille aufsetzte. Ich kam zu dem Schluss, dass unser Büro schon exzentrisch genug wirkte, verzichtete auf meinen Augenschutz und ließ mich von der Lichtempfindlichkeit quälen. Mit zunehmendem Stress kam es mir gleichsam vor, als nähme auch der Schmerz in den Augen zu.

Der Mittwoch war drückend. Sowohl vom Wetter als auch von der Arbeit. Die globale Erwärmung legte sich richtig ins Zeug, schon im Frühjahr neue Temperaturrekorde aufzustellen. Die Pflanzen müssen doch noch früher zu verdorren lassen sein! Zum Glück war die globale Erwärmung ja nur ein Mythos, hatte ich auf dubiosen Seiten im Internet gelesen. Gott sei Dank! So lange ich das lesen konnte, war ja alles in Ordnung – bis die unbarmherzige Hitze meinen Internetrouter schmelzen ließ. Im Büro verklebten Schussers und mein Körper mit den Bürostühlen. Ich konnte mich nicht erinnern, wann es im Frühling schon derartig heiß war. Mein Nicki war nach einer Stunde ekelhaft durchgeschwitzt, während der verrückte Schusser noch immer in Lederjacke – darunter jedoch nur mit Muscleshirt – da saß. Die Arbeit vom Dienstag setzte sich unbarmherzig fort. Ich war gefühlt nur am Telefonieren, den ganzen Tag über und Schusser führte einen Kleinkrieg gegen seine Tastatur. Ich fragte mich, wann sie ihn wegen Körperverletzung anzeigen würde. Als ich nach drei Überstunden dann aber auf mein aufgeheiztes Rad stieg, wusste ich, dass das Duo Schusser-Rall das

Standing unserer Medienbude im gesamten blöden Internet ze-mentiert hatte, wenngleich es unsere Haare wie Zement auch hatte ergrauen lassen...

Der Donnerstag war etwas milder von der Temperatur, nur schien die Sonne mit noch krasserer Helligkeit als sonst zu bal-lern. Wo war die Zeit hin, in der ich den Frühling als rundum segens-reich und sorglos empfunden hatte? Jede Ecke in der Wohnung war aus flüssigem Stahl und die Raufasertapete schien mit LEDs bestückt. Oder Halogenlam-pen. Oder roten Riesen mit Farbänderung. Allein die Spiegelung der bekannten Sonne auf dem Linoleum unserer Wohnung verbrannte meine Sicht. Es war barbarisch. Ich erwog, mich erneut krankschreiben zu lassen, aber der Ge-danke, Schusser mit dem Kram vom gestrigen Tag zurückzu-lassen und meine Kollegen nach meiner langen Abwesenheit wieder im Ungewissen zu lassen, hielt mich ab. Ich setzte mir meine Sonnenbrille auf und schwor mir einfach, sie nicht mehr abzusetzen. Diese Scheiße war ja nicht auszuhalten!

Ich stellte meinen Monitor zu Hause schon ganz dunkel und suchte im Internet nach den Phänomenen dieser Lichtempfind-lichkeit. Nachdem ich, wie immer wenn man auf Selbstdiagno-senfang ging, überlegte, ob ich chronische Migräne, ein Glau-kom, Albinismus, eine Gehirnerschütterung, eine Bindehautent-zündung, Star, eine Blutvergiftung, eine Gürtelrose oder gar ei-nen Hirntumor hatte, kam ich zu dem Schluss, dass ich wohl eine tabletteninduzierte *Photophobie* hatte. Es gab auch die

Phototoxizität, die bei der Haut auftrat, aber solche Erscheinungen hatte ich zum Glück nicht.

Verdammte Scheiße! Schon so spät! Ich sprang vom Bildschirm auf, um zum nächsten Bildschirm zu eilen. Wie ein Blitzschlag traf mich eine Müdigkeit. Eine Überlast an Unwillen und Fadheit. Dabei durfte ich doch heute wieder selber ran! Eigenen Kram ins Internet klemmen, über soziale Medien in den Pulk von Irrelevanz unserer Zeit pumpen! Mir kam es gerade just so sinnlos vor. Ich schloss mein Fahrrad auf und konnte kaum das Bein heben, um aufzusteigen.

„Sammy, Aller! Du bist zu spät!" Carins Ton war erstaunlich angefressen. Norddeutsch grobherzlich war er öfter mal, selten jedoch von wahrhaftiger Missstimmung gefärbt.

„Sorry! Ich fühl mich scheiße heute." Ich versuchte es mit meiner Schwächekarte. Noch vor drei Tagen hatte Carin mich dazu angehalten, dass ich Selbstrücksicht kommunizieren solle – heute war davon nicht mehr viel zu spüren.

„Okay, aber wie soll das weitergehen? Müssen wir jetzt immer deine Arbeit mitmachen und dich fürs Wegbleiben bezahlen?"

BÄMM! Schlag in die Fresse!

Für fünf Sekunden klimperte ich in fassungsloser Verletztheit mit den Wimpern, dann setzte ich meinen Konter an: „Ja, das wäre natürlich geil – aber wer soll dann hier die bissigen Artikel liefern, die uns Klicks generieren? Und wenn wir schon dabei sind prinzipale Arbeitnehmererrungenschaften wie Lohnfortzahlung im Krankheitsfall infrage zu stellen, wie wäre es, wenn wir dann gleich noch darüber reden, ob nicht die Einschränkung von Menschenrechten eine Erhöhung der Wirtschaftlichkeit zufolge hätte? Zum Beispiel diese dümmliche Gleichstellung der Frauen – die verdienen ja eh weniger, wieso macht man das nicht gleich konsequent und zwingt die umsonst zu arbeiten?"

BÄMM! Carin schwieg und klimperte ihrerseits mit den Lidern.

Weiteres Schweigen.

Dann sagte sie schließlich: „Sammy, geh ma' besser jetzt in dein Büro."

„Is' vielleicht wirklich besser...", sagte ich und ging.

Schusser saß vor seinem Rechner und hackte gerade lederjackentragend mit penetrantem Elan auf seine Tastatur ein, als ich ins Zimmer trat.

„Samuel?" Ungewöhnlich, dass er mich etwas fragte. Überhaupt redete er recht wenig. Er war merkwürdig ehrgeizig und versuchte deshalb wenig zu schnacken, sondern mehr zu arbeiten. Dass aber sinnige Kommunikation mit den Kollegen mitunter bessere Ergebnisse lieferte, hatte er in seinem unentrümpelten Brägen noch nicht erkannt. Er kam aus Mitteldeutschland, ich wusste aber nicht einmal ob aus Thüringen, Sachsen oder gar Hessen, da er so gut wie keinen Dialekt redete und – wie bereits erwähnt – überhaupt recht wenig.

Er hatte hier im Norden studiert und war in der Medienbude untergekommen, strebte aber eigentlich ein renommiertes Printmedium an, was Grund für seinen unkontrollierten Ehrgeiz war.

„Was'n, Schusser?"

„Magst du mal über meinen Text lesen?"

Er fragte mich äußerst selten nach meiner Meinung, wohl aus Arroganz. Zugegeben: er schrieb aber auch immer ziemlich gutes Zeug, bei dem ich wenig zu kritisieren hatte.

„Sicher, mach ich gleich. Was steht denn sonst an? Ich darf ab heute ja auch wieder publizieren", antwortete ich.

Schusser fuhr sich fahrig durch sein halblanges Haar und wandte sich dann ab, ohne etwas dazu zu sagen. Komische Reaktion.

Ich hob eine Augenbraue, setzte mich und las seinen Artikel. Wie immer gab es nichts Wesentliches, was ich anmerken konnte. Er war wirklich talentiert.

„Digger, is' gängig so."

„Danke."

„Is' wat? Was steht denn nun heute an, Pascal?"

„Du sollst mir bei der Recherche helfen, hier." Er schob mir einen Zettel mit den Artikelaufträgen zu.

„Digger, wat? Carin hat gesagt, dass ich heute selber schreiben kann!"

„Samuel, ich führe nur weitere Anweisungen aus", verteidigte er sich.

Ich stand auf, stapfte zu Carins Büro, doch die Tür war jetzt verschlossen.

„Carin ist schon wieder los, die hat heute irgendwelche Treffen mit Sponsoren, oder sowas", sagte meine Kollegin am Kopierer, als sie mich vergeblich klinken sah.

Verdammte Scheiße!

„Schusser, Digger!"

„Ja?" Ich glaubte ihn zucken zu sehen, als ich polternd ins Büro zurückkam.

„Jetzt ma' Tacheles, Diggi! Wieso kann ich nix selber schreiben? Was hat Carin mit dir besprochen?"

„Sammy, sie hat mir nur so diese Anweisung gegeben und meinte, du wirst das schon verstehen. Außerdem sagte sie, dass du dich nicht überanstrengen darfst. Da erschien es so zielführender."

„So eine Kotze!"

„Sammy, es tut mir –"

„Nee! Lass gut sein, Schussi! Ich klär das selber mit Carin, wenn sie wieder da ist. Jetzt müssen wir was fertig kriegen."

Es war nicht fair, Schusser meine Wut über Ungerechtigkeit und falschen Paternalismus entgegenzubringen, also setzte ich mich vor den schrecklichen Silberrechner und begann zu recherchieren. Traurige Hilfsarbeit.

Der Tag spiegelte verblassend meine Laune wider, außer dass meine Augen noch immer widerlich schmerzten. Ich hatte – analog zu Schussers Lederjacke – meine Sonnenbrille gar nicht abgenommen.

Die Dunkelheit des geistigen Trübsinns, welche mich zunehmend umfing, konnte sich jedenfalls gut mit den Lichtschmerzen vertragen. Eine Potenzierung der Unannehmlichkeiten.

Ich schrieb Schusser irgendeine Scheiße zusammen. Meine Sorgfalt konnte mich jetzt mal.

Ich verließ den Arbeitsplatz kurz vor offiziellem Feierabend.

Morgen würde ich mit Carin reden!

Unglücklicherweise kam es dazu nicht. Carin meldete sich am nächsten Tag krank und ich saß mit noch schmerzenderen Augen in der Medienbude, führte lustlose Telefonate, exzerpierte Müll aus dem Internet für Müll für das Internet und war froh, als ich Schusser ein schönes Wochenende wünschen konnte und ihn in seinem Überstundenehrgeiz allein ließ, um meinen anschließenden Termin bei Frau Doktor Lowag wahrzunehmen.

In allem war das keine erneute gute erste Woche in Sinn und Bestimmung des Alltags gewesen und es gelang mir nicht mehr, das Abhängen in der Medienbude für mich überhaupt derartig einzuordnen, als ich mein Rad abschloss und aufstieg.

Kapitel 10 – Ein reiches Land, reich an Ängsten

„Herr Rall, wieso sind Sie nicht eher gekommen?", fragte das Lowinchen, nachdem ich fast zwanzig Minuten geschildert hatte, was in der langen Woche alles vorgefallen war: Im finstern Tal hocken und auf eine glühende Araukarie und einen strahlenden Ginkgo starren, vollgegossen mit Tristesse oder eher etwas, das diese noch übersteigt; eine Halluzinationsbestätigung von Laertes dem Nichtraucher; der Versuch den Alltag und die Sorglosigkeit aus der Studienzeit erneut zu leben, der in Bierdusche und Exekutivanwendung endete und schlussendlich – frisch – die Wiedereinkehr in die Medienbude, die statt Bestätigung nur Frustration servierte.

Besonders beim Bericht des letzten, neusten Fakts sah ich eine besorgte Nachdenklichkeit auf Frau Lowags Stirn stehen, wie ich sie noch nicht zuvor an ihr entdecken konnte.

„Ich weiß, dass Sie nicht nur mich als Patient haben", antwortete ich auf ihre Frage.

„Wir müssen erst mal sortieren…", murmelte sie mehr zu sich selbst als zu mir.

Frau Lowag schaffte es, den Fakt der Halluzination erstaunlich unpanisch zu ordnen. Zwar sagte sie mir, dass sie deshalb Rücksprache mit Doktor Böhmer würde halten müssen, aber sie nahm mir auch magisch die Angst vor dem Unvertrauen in meine Sinne: „Herr Rall, Sie haben doch statistisch schon gewusst, dass Ihr Freund nicht zum Pfeiferaucher geworden sein konnte!" Das war zwar korrekt, aber in der kalten Wissenschaftlichkeit nicht gerade einfühlsam für eine Therapeutin... oder gerade doch?

„Außerdem kommt Ihre Diagnose ja nicht aus dem Vakuum, auch wenn es Ihnen so vorkommen mag. Doktor Böhmer versteht sich auf sein Fach. Nun ist das – wenngleich kein Grund zur Freude – ebensowenig keine Ursache, vor der Existenz und unseren gegebenen Sinnen zu kapitulieren in Misstrauen und Verzweiflung!"

Meine Güte, klang das pathetisch, doch genau der Pathos wirkte wie ein Opiat (zumindest so, wie ich glaubte, dass Opiate wirken).

„Sie haben doch noch immer die Tür hier gefunden, ja?" Das sollte ein Scherz von der Doktorin sein und tatsächlich gluckste ich böhmeresque dümmlich. Ohje... soweit war es also schon mit mir!

„Ich schlage Ihnen einfach vor, dass Sie der Illusion nur so viel Platz einräumen, wie sie es auch *möchten*."

„Wie, wie ich es möchte?", fragte ich verwirrt, „Ich möchte gar keine Illusionen, Halluzinationen haben!"

„Dass diese aber da sind, darauf scheinen Sie ja nun keinen Einfluss zu haben – wohl aber, wie viel Macht Sie Ihnen geben!"

Okay – das verstand ich! Dann habe ich eben halluziniert!

„Sind Sie gläubig, Frau Lowag?", fragte ich sie plötzlich in einem Anflug von couragierter Chuzpe, als wir zum Thema Depressionsphase der letzten Woche kamen.

„Wieso fragen Sie?"

„Ich musste die Tage, als der Schub kam, an den Psalm drei-
undzwanzig denken! Kennen Sie den?"

„Natürlich! Den sollte man auch kennen, wenn man nicht gläubig ist.", antwortete sie.

„Ja, das mag wohl sein..."

„Wieso mussten Sie an den Psalm denken?"

„Nun, da gibt's doch diese Stelle, nä? *Und ob ich schon wanderte im finstern Tal, fürchte ich kein Unglück!*"

„Ja, und?"

„Ich habe mich genauso gefühlt, die Tage!"

„Wie genau?"

„Na, ich bin wie in einem dunklen Tal, einer sperrenden
Schlucht, in welche keine Sonne reinfällt, gewandelt. Und obwohl das so final war – keine weitere Hoffnung einließ – fürchtete ich mich nicht."

„Das ist spannend! Wieso fürchteten Sie sich nicht?" Frau Lowag notierte auf ihrem Klemmbrett. „Hat es was mit meinem
Rat zu tun? Dass Sie wie eine Möwe über den Dingen schweben sollen?"

„Das eher weniger...", antwortete ich wahrheitsgemäß traurig.
Der Möwenmove sollte mir ja erst später geholfen haben. Im
Moment des Grundsitzens jedoch nicht. „Ich hatte eher keine
Angst, weil ich so umschlossen von der Depression war, dass
es mir alles verdumpfte – selbst die Furcht."

„Das heißt, es war kein Gottvertrauen, wie im Psalm?", fragte
sie zielend nach.

„Voraussichtlich nicht, nein." Irgendwo in meinem protestanti-
schen Seelchen tat diese Wahrheit weh und ich hörte das leise
Krachen des Knacks, den dies verursacht hatte.

„Wenn Sie unten in einem Tal sind und dort wandern, Herr Rall, dann können Sie niemals wie eine Möwe über eine solche Dunkelschlucht hinfort fliegen!"

Ich nickte. Sie hatte wie immer Recht.

„Eine Möwe landet vielleicht einmal in solch einer Schluft, ja? Aber sie kann immer, wenn sie will, wieder herausfliegen – direkt! Ohne einen mühseligen, verschlungenen Weg aus dem Tale herauszufinden."

„Außer, ihre Flügel sind gebrochen...", murmelte ich eisig.

„Das stimmt. Aber Ihre Seelenflügel, Herr Rall, sind noch nicht gebrochen, egal was Sie mir erzählen möchten."

Seelenflügel klang unangenehm esoterisch, aber auch wenn ich mehrmals schon glaubte gebrochen zu sein, so war ich es noch nicht. Hier hatte das Lowinchen einmal mehr Recht. Allein schon wenn ich mit Wut an der Affenprosa schrieb, so war es doch bereits von solch zielgerichtetem Stahl des Willens, dass ich unmöglich von einer Zerstörung reden konnte. Man redet überhaupt immer eher von *Schmerzen* – von einem *Bruch* redet man immer nur beim *Tode*.

„Wie sind Sie nun aber aus Ihrem Tal gekommen, Herr Rall?"

„Indem ich flog."

„Als Möwe?"

„Als Möwe, ja."

„Also doch!"

„Ja, nur erst nach deutlichen Anstrengungen, nach Aufbringung all meiner fokussierenden Kräfte auf diesen Rat und auch erst einige Zeit später."

„Das ist etwas, worauf Sie nach wie vor stolz sein können!"

„Wat? Wieso?"

„Na, begreifen Sie nicht, was für ein emanzipatorischer Akt das ist?"

„Nein."

Frau Doktor Lowag zentrierte ihren Blick auf mich: „Es ist eine Ihrer Ressourcen, die Sie gar nicht beachten mögen. Sie haben es geschafft sich aus einer misslichen Lage selbst zu befreien. Zwar nach einiger Zeit und mit Anstrengungen, aber ohne diese Dinge geht es gar nicht."

„Wirklich?" Ich kam mir von Minute zu Minute dümmer, tumber und naiver vor. Nicht gerade Eigenschaften, die man als Ressource zu begreifen bereit war.

„Ja, wirklich, Herr Rall! Und lassen Sie mich ergänzen, wenn wir uns schon in religiösen Worten finden, so bedenken Sie den Spruch: *Hilf dir selbst, so hilft dir Gott!*"

Den Spruch kannte ich natürlich und er war mir immer ein kostbarer Inbegriff der nüchternen norddeutschen Art, mit dem eigenen stillen Protestantismus umzugehen, der sich meist längst mit Agnostik und Atheismus versöhnt hatte (nur diese nicht immer mit ihm). Natürlich war das eine lokalkonditionierte Meinung, denn ich wusste, dass der Spruch sinngemäß viel älter als das Christentum war und dass er in anderen Religionen und Ideologien – auch ganz unspirituellen – ein dankbares Zuhause gefunden hatte. Nichtsdestotrotz mochte ich ihn sehr, nur war ich nicht sonderlich gut und erfolgreich darin, diese Maxime in meinem Lebensalltag anzuwenden und umzusetzen.

Ich lächelte.

Frau Lowag lächelte auch. Höchste Zeit, endlich einmal meine Ressourcen auch auszubeuten!

Gründe zu lächeln gab es dann aber nicht mehr, als ich von der Medienbude verteilte.

„Fühlen Sie sich nicht mehr wohl an Ihrem Arbeitsplatz?", fragte das Lowinchen.

„Kann man nicht unbedingt so sagen. Zumindest dachte ich bis Anfang der Woche noch anders."

„Also sind Sie aber doch unsicher."

„Ja, wahrscheinlich schon."

„Das ging dann aber recht schnell, oder?" Wieder war die Sorgenfalte auf ihrer Stirn lesbar.

„Ja."

„Woher glauben Sie, kommt das plötzliche Misstrauen in Ihre Fähigkeiten?"

„Keine Ahnung... Ähm... Meine Krankheit? Wieso beunruhigt Sie das so?", fragte ich offensiv, durch ihre Mimik alarmiert.

„Mein Unbehagen ob dieser Nachricht rührt daher, dass innerhalb Ihrer ohnehin nicht einfachen Situation bei einer so wesentlichen Sache wie der tagtäglichen Arbeit, Probleme sich insgesamt sehr negativ auf den Gesamtzustand auswirken können."

Schau an. Einen Allgemeinplatz eloquent und gehoben ausdrücken konnte Frau Lowag auch. Eigentlich wunderte es mich eher, denn ich hatte das bisher noch gar nicht bei ihr bemerkt – wie sich nur unmittelbar herausstellte, hatte sie ein fundiertes psychologisches Hintergrundwissen, das aus dieser Binsenweisheit schnell eine deutliche *Pathogenese* – wie sie es später nennen würde – herausformte, die alles andere als trivial war.

Das Lowinchen ließ die Kugelschreiberspitze auf dem Papier schubbern, als ich erneut detailliert von den einzelnen Tagen auf Arbeit berichtete und der Kuli klackerte auf dem Plastikklemmbrett.

Ich schwitzte mein Kapellennicki (Elektropunk aus Bayern) langsam aber stetig durch beim Berichten, denn die Falte auf des Lowinchens Stirn wich nicht, vielmehr zementierte sie sich. Am Ende der Sitzung hatte ich ein ganz mulmiges Gefühl im Bauch: „Frau Lowag, wenn sich die Situation weiter zuspitzt? Es eskaliert? Dann stehe ich vielleicht krank und ohne alles da!"

Jetzt konnte sie auch mal ein anderes Minenspiel zeigen, indem sie lächelte: „Das wird wohl voraussichtlich erst einmal nicht geschehen, oder? Zumal es da ja noch Ihre Partnerin gibt." Selbstverständlich war sie über meine persönlichen Hintergründe im Bilde.

„Aber die Sicherheit und Perspektive verlieren, wäre die größte Katastrophe überhaupt!", stammelte ich. Im Hinterkopf die Erfahrung, wie es ohne Arbeit war und damals die destruktive Schelle im eigenen Kopf und die der Gesellschaft sich enger ziehend um sich spüren.

Umso erstaunlicher, dass es damals schon die *Gerechtigkeit des Geschriebenen* gab: Literatur unterhalb des Existenzminimums. Ich hatte sie fokussierter betrieben, je schlimmer es wurde und sie war mein Begleiter geworden. Auch wenn sie ein dunkles Schaf war, verschmolzen im dunkelgewordenen Stall des Schreibens, stand diese Literatur doch in einer Ecke. Meistens um dort unbemerkt zu sterben, doch alle paar Jahrzehnte schaffte es doch eines der Schwarzschafe ins Licht, außerhalb des Stalles, in die Sonne und Saftwiesen. Ein dämliches Bild, doch in bösen Nächten, die mich quälten und die doch die schönsten waren, träumte ich davon, dass ich es auch mal schaffen würde.

In der Schweiz trat man vor einigen Jahren noch Schwarzschafe aus dem Lande raus. Lange war die Hierarchisierung von Leben in Europa nicht mehr so unverhüllt geführt worden. Aber ich streichelte die dunkle Wolle und zitterte, weil ich als Schäfer mit so vielen Schwarzfellen auch diese nähren und würdigen musste.

„Sie haben Zukunftsängste, Herr Rall – aber keine Angst im Angesicht der gänzlichen Abwesenheit von Hoffnung?", fragte Frau Doktor Lowag, erneut unbarmherzig präzise zielend.

„Ja", gestand ich lüttlaut.

Sie lächelte jetzt noch mehr, fast ein bisschen wie Mara es sonst so gut konnte, nur dass es bei Mara beruhigender aussah. „Herr Rall, Angst zu haben ist in Deutschland sehr beliebt und eine wahre Nationaltugend. Ironischerweise nur gibt es hier sehr strenggenommen eher weniger Gründe für derartige Ängste. Fast bin ich geneigt zu sagen: für Ängste überhaupt."

Ich schluckte schwer und schwieg.

„Zumindest gemessen daran, in welch reichem Land wir leben", fuhr sie fort, „Natürlich muss man hierbei in Konsideration ziehen, dass die Prosperität der Nation etwas kurios verteilt wird, was die Sorgen der Menschen dann doch wieder nachvollziehbar macht."

Ich saß gebannt auf dem Stuhl und krampfte mit meinen Händen an dessen Lehnen. Das war trotz meiner Sprachaffinität so gestelzt ausgedrückt, dass es mir auffiel und wunderlich vorkam. War Frau Lowag jetzt einem eigenen Verlangen des Ausdrucks nachgespürt? Ich versuchte zu reflektieren, ob sie zu mir redete oder zu sich selbst, fand aber keine eindeutige Antwort.

„*Kurios verteilt* ist ein versöhnlicher Euphemismus", stieg ich auf ihr Gerede dann mehr ängstlich als überzeugt ein, um nicht schweigend einen Monolog mitzugenerieren. Die Verwirrung, dass nun aber plötzlich ich zuhörte, statt zu sprechen, schraubte meinen Adrenalinspiegel nach oben.

„Das stimmt, Herr Rall. Missverstehen Sie mich bitte nicht: Ich halte an der Aussage fest, dass Zukunftsängste in diesem Land einer gewissen rationalen Grundlage entbehren, nur muss man verstehen, dass, wenn man die faktische Angst der Menschen unter die Lupe nimmt – was ja nun auch meine tagtägliche Aufgabe ist – dass verschiedentlich hier nicht mit dem vorhandenen Reichtum solidarisch umgegangen wird. Ich verweigere mich, von einer *Elite* oder dergleichen per se problematischen Monokausalitäten zu reden – nur wurde in Deutschland das Kunststück vollbracht, die hier lebenden Menschen um ihren Lohn weitestgehend zu betrügen, sie einem autonomen Wohlstand, der sehr begrenzt ausgelebt wird, mehr zu opfern, als großzügig an ihm partizipieren zu lassen."

„Aber ist es dann nicht so, dass die Leute das Kunststück vollbracht haben, *sich selbst* zu bescheißen?"

„Ja, richtig! Die Demokratie, Herr Rall, nicht?" Wieder lächelte sie und ich glaubte Zynismus in den Zahnreihen und Lippen zu lesen.

Mir war unwohl bei dieser Art Gespräch und ich schwieg, doch das Lowinchen schien jetzt ernster über meine Worte nachzudenken und nickte dann bekräftigend: „Ja, doch – ich denke Sie haben Recht: der Selbstbetrug ist frappierend erkennbar, wenn man sich etwas hineinvertieft."

„Frau Doktor…", begann ich, „Ich weiß nicht, ob diese Philosophie etwas dazu beiträgt, wenn ich in Sorge erkenne, dass meine Existenz – wenngleich nicht lebensgefährdet ist – so doch eingeschränkt werden könnte."

„Ja, richtig!" Sie schien wieder gänzlich zu sich zu kommen.

„Was ließe sich denn da tun?", fragte ich.

„Sie meinen praktisch?"

„Meine ich, ja."

Das Gespräch war wieder – gleichsam plötzlich – in seine alten, eingeschlagenen Bahnen zurückgesprungen.

„Die Idee der Möwe hilft Ihnen auch hier!"

„Bitte wat?"

„Es bleibt gleich. Über den Dingen stehen. Die Angst, die uns begleitet und von uns kultiviert wird, ist im letzteren Schritt schon ein Hemmnis jenseits ihres Ursprungs und von jenem entkoppelt. Wenn Sie es schaffen auch hier, Herr Rall, den Überblick zu wahren, die Gedankenschleifen in Kunstflugschleifen zu wandeln, sind Sie bereits etwas weiter."

„Tatsächlich?"

„Ja, tatsächlich! Das heißt natürlich nicht, dass man sich einer jeden Grille hinterherwerfen muss und aus einer Schnapslaune heraus alle gesetzten Dinge zerschlagen sollte, doch den Gleichmut gegenüber dem Unabänderlichen lohnt es sich hundertfach mehr zu kultivieren, als die Ängste."

Das war ein starker, schöner Satz – nur wunderte mich die Intensität und ungewöhnliche Wortwahl der Frau Doktor heute.

Sie war mir schon immer durch gewählten Ausdruck aufgefallen, nur heute schien er besonders kräftig zu sein.

Als ich ein bisschen später mein Fahrrad unten am herabdrückenden Betonklotz aufschloss, kuckte ich erwartend in den Himmel. Ich sah keine Möwe fliegen. Das war ungewöhnlich – in dieser Stadt flogen sie sonst immer, außer nachts.

Unsicher, ob dies ein schlechtes Omen war, doch erleichtert wegen des bevorstehenden Wochenendes, stieg ich auf die Fietse und beeilte mich nach Hause zu kommen: Unter einem möwenfreien Himmel war man zwar sicher, nicht angeschissen zu werden, aber man wandelte auch ohne Hoffnung in der Welt, wie ich jetzt wusste.

„Du schaffst aber schon den Weg zu uns, zum Landgasthaus, ja?", fragte mich meine Mama am Telefon.

„Ja, Muddi! Überhaupt kein Problem, Mara kommt ja auch mit."

„Okay. Ich mach mir nur trotzdem ein bisschen Sorgen!"

„Brauchst du nicht, wirklich!", positivierte ich.

„Geht's dir sonst besser?"

Mir lag die Antwort *Ja, muss!* schon auf der Zunge, aber ich erinnerte mich noch gerade rechtzeitig daran, dass meine Mutter davon schon beim letzten Mal nicht gerade sehr begeistert gewesen war.

„Ja, es geht mir besser." Das war nicht mal gelogen, tatsächlich ging es mir besser.

„Das freut mich wirklich zu hören, Sammy!" Die Erleichterung meiner Mama sprudelte durchs Telefon.

Sofort rührte mich ihre Zuwendung, aber so ist das wohl mit Mamas, dessen Selbstverständlichkeiten nichtsdestotrotz honoriert gehören.

„Wir kommen am Sonnabend gleich zum Mittag mit dem Zug an", erklärte ich ihr, zu dem ursprünglichen Thema zurückkehrend.

Wir hatten uns gerade über nächstes Wochenende unterhalten: die große Geburtstagsfeier meines Vaters. Manchmal war es mir schon so erschienen, dass gar nicht meine Rekonvaleszenz das nächste große Ziel meines Lebens und Alltags sei, sondern eben jene Geburtstagsfeier.

Wenigstens hatte ich ja schön unerfolgreich bereits Geburtstagsfeiern geübt.

Überhaupt: Dass mein Vater in seiner Bescheidenheit und allumfassenden Demut – letzteres nur nicht gegen sich selbst – sein Jubiläum so groß feierte, war mir ein Rätsel geblieben. Und wie es sich bei so kosmischen Phänomenen, die unerklärlich waren, eben verhielt: man räumte ihnen unhinterfragte Aufmerksamkeit ein. So war es bei mir zumindest.

Schade – Immanuel Kant ist gerade heulend weggelaufen! All das *Sapere Aude* ungehört gegen die Betonpfeiler der Lebensbrücke gefahren, auf der Autobahn des Alltags. Die eben hochgelobte Demut des Kindes gegenüber den Eltern war halt dann doch stärker als über zweihundert Jahre Kultur- und Geistesgeschichte. Dafür war Moses Mendelssohn nicht von verschiedensten Seiten beschimpft worden...

„Sammy, hörst du zu?" Scharfuntertönig holte mich die Nachfrage meiner Mutter aus meinen Quatschreflexionen zurück.

„Ja, ja! Ich hab' dich grad nur akustisch nicht verstanden, war so 'n Knacken inner Leitung!"

„Ich habe dich gefragt, ob ihr dann wie verabredet dort übernachtet und am Sonntag mit eben jenem Zug zurückfahrt?"

„Ja, genau."

„Mich wundert, dass da überhaupt ein Zug fährt!", murmelte sie nun skeptisch.

„Ja, doch – denke schon..."

„Mit Auto fahrt ihr nicht? Der Unabhängigkeit wegen?"

Ich glaubte schon seit meiner Teenagerzeit nicht mehr an die private Mobilität durch Kraftfahrzeuge und hielt sie für einen gefährlichen Anachronismus der Dekadenz. Außerdem für einen Inbegriff dessen, was dieses Land paradoxerweise lähmte und niemand war gewillt diese Stagnation zu durchbrechen, solange man bequem von A nach B fahren konnte mit warmem Arsch.

„Das ist die Alternative – aber für Tamara ist's bequemer, wenn wir mit dem Zug fahren", antwortete ich meiner Mutter.

„Ja, sicher!"

Tamara selbst war gerade an diesem Sonnabendvormittag unter der Dusche, als meine Mama angerufen hatte.

Für das Organisatorische war Mara ja bekanntermaßen zuständig, ich für sämtliche Destruktion, Improvisation und Depression. Aber doch glaubte ich Grundlagen meiner Mutter selbst erklären zu können.

„Was schenkt ihr Papa nun?", fragte sie nach.

„Na... Die Karten... Für das ähmm... Bowie-Musical... war das doch?"

In meinem Kopf gelierte plötzlich eine zähe Masse. Nichts konnte ich greifen. Kein Gedanke, keine Erinnerung schien fokussierbar. Wie ein nasses, seifenglitschiges und schleimiges Gummientchen, das man rasch packen wollte, flutschte jede Hirndatei einfach frech fort.

Angst klemmte sich auf einmal wieder in meine Brust. Was war los? Wo war meine intellektuelle Leistung hin? Lag diese Scheiße schon wieder an den Tabletten? Wie als ranziges Sahnehäubchen obenauf, fiel dazu ein durchdringender, jedoch verirrter Sonnenstrahl durch das trübe Sonnabendslicht ins Fenster und stach meine Augen.

„Au, Scheiße!", zischte ich.

„Was?", fragte meine Mama entsetzt.

„Nichts, alles okay!" Ich rieb meine schmerzenden Augen.

„Samuel, wirklich alles in Ordnung?"

„Ja, das Licht blendet mich gerade nur."

„Wieso das? Ist bei euch nicht auch so bedeckter Himmel?" Wie erwähnt wohnten meine Eltern nicht mal einhundert Kilometer weiter landeinwärts, das Wetter war immer recht ähnlich – wenn man vom Küstenwind und den klimatischen Eigenschaften der See mal absah.

„Doch, doch!", Ich verzichtete darauf, die ohnehin anstrengende Sorgenhaftigkeit meiner Mutter noch zu füttern, indem ich die Lichtempfindlichkeit thematisierte, „Alles okay", positivierte ich erneut.

„Wirklich?"

„Ja, ja! Wirklich, Mama!"

„Naja, okay…" Pause. Dann: „Ich freue mich schon, wenn wir uns am nächsten Wochenende sehen!"

„Ich auch! Bis denn, Mama!"

„Bis denn, Sammy!"

Schon wieder müde ließ ich das Gerät sinken.

Okay: Ich hatte Konzentrationsschwierigkeiten, Lichtempfindlichkeit im Schauen, Gedächtnisstörungen, Depressionen und Halluzinationen.

Schweiß von Kälte perlte auf Stirn und Schläfe. Auf dem Frühstückstisch stand noch die Tablettenbox mit der Tagesration. Oh scheiße! Noch nicht mal die hatte ich eingefahren und mein Hirn war jetzt schon Gummi…

Ich stürzte mich versessen auf die verbleibende Hausarbeit. Das war wenigstens was, wobei ich nicht nachdenken musste und der Abwasch stand in einer dunklen Ecke der Küche. Als Tamara aus der Dusche kam und nach mir sah, hatte ich die Hände gerade im warmen Spülwasser und trat mit dem rechten Fuß noch Schmutzwäsche in die Waschmaschinentrommel, die etwas neben der Spüle stand.

Sie lachte und ließ mir Chaoskopf den Lauf, den ich gerade hatte.

Am Nachmittag – es war kein besseres Wetter, sondern die Schlachtschiffe des Himmels in der Meertarnfarbe des Militärs rollten noch immer durch die Himmelssee – gingen Mara und ich ein bisschen spazieren. Ich trug Sonnenbrille trotz der Trübnis des Tages.

Tamara war gut gelaunt und versuchte mich mitzuziehen, was natürlich besser klappte, als ich es – so schön eingekuschelt in meiner Melancholie – eigentlich wollte.

Wir gingen nordwestlich unserer Wohnung in die Stadt, beziehungsweise aus ihr langsam heraus. Die Einfamilienhäuserdichte nahm immer weiter zu. Ich erkannte mehr und mehr panisch, dass Tamara zufällig die Gegend angesteuert hatte, in der mich einst der glühende Garten, das flache Eigenheim, der stechende Gingko und die schmelzende Araukarie gegrüßt hatten. So so... Diese Erinnerung funktionierte also problemlos, ja?

„Sammy, was hast 'n du?", fragte mich Mara mit ihrer leisen Hohlstimme, die immer ein Zeichen von Sorge war.

In den letzten Monaten hatte ich sie zu oft gehört. Und doch niemals oft genug, um *meine* Angst zu lindern.

144

„Nix, Mara!"

„Digger, du lügst! Wat is'?"

Ich schlackerte. Am Ende der Straße sah ich es wieder.

„Komm ma' mit!"

Ich tippelte mit ihr den Weg weiter herunter.

„Wat siehst du?", fragte ich sie.

„Wie, was seh' ich?"

„Na, beschreib' mal!"

„Soll das ein Test sein? Was siehst du denn?"

„Oh… Mara! Mach mal, bitte!"

„Halluzinierst du wieder, Sammy?" Hohlstimmenanschwellung.

„Nee! Versuch mal genau und inspirativ zu beschreiben, was du da erkennst!" Ich bettelte jetzt mehr, als dass ich aufforderte.

„Na gut… Also: Ich sehe ein flaches Einfamilienhaus. Bestimmt schon fünfzig Jahre oder so alt. Ich nehme an, dass es, als es gebaut wurde, ein Zeichen für ziemlich großen Wohlstand war. Irgendwelche Parteibonzen vermutlich oder Ärzte, Professoren, Rechtsanwälte oder so, denn der große Garten und auch dass das Haus selber nicht gerade klein ist, sprechen dafür, sowie die gute Stadtlage – zumindest noch – und die Garage, die nur etwas jünger ist!"

„Vielleicht waren es auch Ärzte, die in der SED waren?", scherzte ich.

Mara zeigte ihre schönen Zähne, fuhr dann aber pflichtbewusst mit der Aufgabe fort.

„Noch mehr als wohl damals, ist das Haus jetzt ein Zeichen für Wohlstand, selbst wenn dieser nur ererbt ist. Denn bei den aktuellen Grundstückspreisen und der Mietentwicklung muss diese Immobilie jetzt schon ein kleines Vermögen wert sein!"

„Gut… Weiter!", bat ich.

„Dem Auto nach zu urteilen, was da steht, scheint aber niemand wirklich Reiches darin zu wohnen, denn das ist ja nur ein Kleinwagen… Oder es ist ein Zweitwagen oder Besuch oder so…", Mara war plietsch, „Es sieht gemütlich aus, allerdings etwas veraltet, renovierungsbedürftig. Ich habe solche Häuser oft und viel im Westen gesehen, nicht aber hier – auch das spricht wohl für eine ursprüngliche Privilegiertenschicht."

Mit präziser Schärfe analysierte Mara das Gebäude und zog die Querverbindungen aus ihren eigenen Erfahrungen, denn sie war beruflich eine Zeit lang viel in anderen Bundesländern unterwegs gewesen.

„Okay… Noch mehr?"

„Was soll das, Sammy? Was ist mit der Bude?"

Ich reagierte nicht und fragte stattdessen: „Und was sagst du zum Garten?"

„Der Garten… Puh… Also, ich finde der sieht auf jeden Fall moderner und gepflegter aus als das Haus. Besonders diesen Gingko mag ich ja! Meine Eltern haben bei sich im Garten auch einen zu stehen!"

Ich musste lächeln. Ich hatte das ganz vergessen, obwohl ich es hätte wissen müssen.

„Und was ist das für ein komischer Nadelbaum? Der sieht ja aus wie mit grobem Sandpapier angezogen!"

Jetzt lachte ich wirklich und konnte mit meinem Wissen mansplainen (obwohl das in dem Fall nicht mal das richtige Wort ist): „Dat is 'ne Araukarie!"

„'Ne wat?"

„'Ne Araukarie."

„Nie von gehört."

„Du bist ja auch keine Botanikerin."

„Sammy, du auch nicht!"

„Ja, is' so…"

„Und wat is' nu' 'ne Araukarie?"

„So Nadelbäume, die vor allem – aber nich' nur – in Lateiname-rika wachsen."

„Aha?"

„Ja… Ich glaub, dat hier is' 'ne Chilenische Araukarie."

„Woher weißt du sowas?"

„Bäume fetzen!"

„Digger, das' doch Quatsch! Kein Mensch weiß sowat, nur weil Bäume fetzen! Wenngleich das natürlich stimmt."

„Na, gut… Ja… hatte mal einen Schreibauftrag über Garten-zierbäume."

„Faszinierend, was dich dein Beruf so lehrt. Gibt's da noch mehr?"

„Nu's gut…"

„Okay. Und was sollte das jetzt, dass ich dir hier Rede und Ant-wort zu 'nem unbekannten Haus und Garten stehen muss?"

Ich erklärte ihr kurz, wie ich mich erst besinnend vor diesem Haus wiederfand, als ich drunten im düsteren Loch gewesen war.

„Sammy, warum hast du mir nichts davon erzählt?"

„Vergiss es, Mara. Ist eh schon alt und was sollte es bringen, dir davon zu erzählen?"

„Ich hätte dich ablenken können, ich hätte dich trösten können!"

„Ja, das stimmt. Aber rational begründen hättest du keinen einzigen depressiven Schub der Welt können."

Jetzt schwieg Tamara. Schließlich nickte sie still und wir gingen wieder nach Hause, als die Sonne gar nicht zu sehen war. Die Helligkeit keilte dennoch so sehr meine Augen, dass es Folter war.

Am nächsten Tag saß ich wieder vor der Affenprosa und versuchte verzweifelt, irgendeine Struktur in dieses explodierte Werk zu bringen. Wäre es doch bloß ein Bewegungstheaterstück statt persönlicher Verbundrede gewesen, dann hätte man besser begründen können, dass so viele Figuren aus der Reihe tanzten!

Immer fremder kamen mir die Gedankengänge der Handlung und das Agieren der Personen vor. Jedwede Anlagen zu einem autobiographischen Ansatz mussten ja schon immer scheitern, wenn das eigene Gefühl für das Erleben solch starkem Misstrauen unterworfen war. Die Affenprosa war ein Hort von Autonomie geworden, wie Teile des Südens von Mexiko; fraglich bloß ob von solch tradiertem hohen Idealismus...

Nachdem ich also am Sonntag schon zwei Stunden schweißbeperlt versucht hatte, den Plot zurück in den beabsichtigten Reigen zu führen, kapitulierte ich und ließ meinen lütten Kindern ihren Lauf. Hier habt ihr meinen Segen und jetzt macht doch was ihr wollt, verdammt noch mal!

Kurioserweise funktionierte dies wie die Überwindung eines lähmenden Flaschenhalses. Mit den losgelassenen Zügeln stürmten die Figuren und die Handlung galoppierend ab und hinterließen, nachdem sich der Rennstaub gelegt hatte, eine wunderbar stimmige Fährte ihrer selbst und eben solche Taten. Die Plausibilität innerhalb der Geschichte war plötzlich keine wacklige Fassade mehr, derer die attrappenhafte Fadenscheinigkeit schon beim ersten Blick offensichtlich erkennbar wurde, sondern sie hatte sich in jene Bahnen gelegt, wie man sie als *natürlich* vermuten konnte, wenngleich sie ja doch artifiziell waren.

Und aus der hinterlassenen Spur stieg wabernd reich und schwer duftend die Gerechtigkeit des Geschriebenen heraus.

Alles war egal. Nur das Geschriebene zählte. Das Geschriebene war gleichsam autonom, doch es war noch mächtiger als lediglich eine eigene Freiheit zu besitzen: Es war in der Lage *Freiheit zu schenken!* Die *Anstiftung zur Freiheit* zu leisten!

Die Einbettung in die ganze benzinverheizte Welt um mich herum, auf die ich keinen Einfluss hatte, als den minimikroskopischen meiner Taten, ließ die Gerechtigkeit des Geschriebenen sinnig und grinsend werden. Es ging hier nicht um mich, es ging hier nicht um die ausgebüxten Figuren mit ihren Problemchen, es ging hier um den hintergründigen Sinn, den die Schrift austeilte, ohne dass sie damit überhaupt hausieren ging. Nein, das Geschriebene steckte seinen Willen zur Durabilität heimlich den Leuten zu: unterhalb des offensichtlichen Plots. Wie ein Flyerverteiler, der nebenbei Cannabistütchen an ausgewählte Kunden unter seinem Werbemüll verklingelt.

Der Cursor war mein Bruder geworden. Wo immer er in der Textverarbeitung blinkte, feuerte er mich an: *Schreib hier weiter, Digger! Nur noch ein' Satz und dann noch einen und noch einen. Komm schon! Das Kapitel wirst du doch heute noch fertig bekommen?!*

Nach all den eher unschönen Sachen, die mir in den letzten Wochen widerfahren waren, kam mir das Schreiben wie eine Erlösung vor. Nicht unbedingt eine Erlösung, die nur locker und cool von der Hand ging: nein, es gab auch wirklich zähe und harte Momente. Besonders dann, wenn in meinem Kopf mal wieder nur Porridge war, womit ich ein meisterhaftes Festmahl der Handlungsentwicklung komponieren und servieren musste. Doch wie zehrend die Affenprosa bisher auch gewesen war: Nie hatte mich ein verschwendetes Gefühl durchzuckt, als ich den Laptopdeckel niederklappte. Immer war ich sinnerfüllter aufgestanden und konnte der Scheiße mir gegenüber etwas entgegenlächeln, weil das Lächeln flüsterte: *Du nimmst mir nicht das Resultat meiner verbliebenen Gestaltungskraft!* Es mochte der Bürgerlichkeit wie ein elendiges Laster vorkommen. Gescholten mochte ich sein, dass ich meine verbliebene Energie und vor allem Zeit so verklappte, doch für mich bedeutete jede freie Minute zum Schreiben und Komponieren Frischluft im verqualmten Zimmer. Dann seien es eben Laster! Ich war okay mit diesen Lastern, so wie zuqualmende Raucher, die genüsslich und zufrieden ihre Suchtkurzzeitbefriedigung dem Krebs vorzogen. Davon ab, hatte ich natürlich diese Kunstarbeit für mich nie als *Laster*, sondern als *Begabung* aufgefasst. Zu beachten blieb dabei nur, dass eine *Begabung* mit ihrer Entourage von Eigenschaften oft auch *Bürde* war. Doch auch damit war ich okay. Ein sagenhaft schlechter Zenmeditierer war ich, aber absolut harmonisch im Einklang mit dem Fakt, dass ich Eigenschaften besaß, die etwas Besonderes waren, mir vieles erleichterten und noch mehr erschwerten...

Mara war alleine aufgebrochen, ihren Sonntagsspaziergang zu erledigen. Offensichtlich war nach dem gestrigen Spazurquiz ihre Geduld noch nicht wieder so weit hergestellt, als dass sie es erneut versuchte, mit mir zusammen um die Häuser zu gehen.

Ich stand wie immer zufriedener vom Laptop auf und plante noch etwas für meinen Vater zu üben. Das Ständchen spielte sich nicht von alleine und außerdem würde ich wohl nicht viel dazu kommen, innerhalb der Arbeitswoche die Gitarre in die Hand zu nehmen. Die Gitarre war meine Schwester.

Mühselig hängte ich mir das Instrument um und begann zu üben. Obwohl meine Finger jetzt Stunden über die Tastatur getänzelt waren, krampften sie beim Spielen. Ich erinnerte mich an meine Teenagerjahre und anfängliche Studienzeit. Kaum anderes als Gitarrespielen war mein Tagewerk gewesen. Wenn ich jetzt Aufnahmen aus dieser Zeit hörte, kam es mir vor, als klampfte dort jemand anderes. Jemand viel Virtuoseres. Die Soli waren kreativer und dass ich jemals solche komplexen Kompositionen geschrieben hatte, kam mir wie ein Streich vor, dessen Fremdfedern man mir unterschieben wollte.

Der Gedanke, dass ich vielleicht meinen musikalischen Zenit bereits überschritten hatte, betrübte mich mit brachialer Gewalt. Andererseits hatte ich schon gute Opagitarristen erlebt, die erst im Rentneralter mit dem Spielen so *wirklich* angefangen hatten.

Musik ist ja nun schließlich kein verheizender Spitzensport, außer vielleicht man lebt ein sehr konsequentes drogenschwangeres Rockstarleben dazu...

Vielleicht musste ich nur wieder etwas mehr üben und dann kämen die Virtuosität, die technische Finesse und vielleicht sogar die kompositorische Kreativität wieder zurück?

Wenn ich die Möglichkeiten dazu hätte, dann würde ich es wieder versuchen, aber momentan füllten mich die Medienbude, das Schreiben und meine persönlichen Befindlichkeiten voll aus.

Erneut wurde mir schwindelig, beim dritten Durchlauf des Stücks. Der Gesang setzte mir mehr zu, als es je der Fall gewesen war. Als Frontmann meiner Progrockkapelle hatte ich ganze Konzerte in verqualmten Kneipen (Ausnahmen des Nichtraucherschutzes) durchgesungen und nebenbei komplizierten Kram auf der Gitarre gespielt. Machten mich diese Tabletten so kurzatmig?

Der Gitarrenhals rutschte leicht in meiner Linken. Ich hatte zu viele Verspieler in den vorherigen Durchläufen, also noch ein weiteres Mal! Schließlich wollte ich dem Papa ja was bieten...

Noch mal: frisch auf! Ich fing an zu spielen, vergaß aber den Text. Scheiße! Noch mal von vorn! Text war jetzt wieder da. Also los! Schön Anschlagshand rechts nicht übertreiben. Sauber links greifen. Etwas mehr Hohlhand in den Barrés, sonst klirren die anderen Saiten – bei gleichzeitigem Druck im Zeigefinger. Daumen kontert. Tut weh, aber es sind korrekte

Schmerzen. Scheiße, bin ich aus der Übung, krampft! Gesang: Intonation beachten, die Höhen sind wie immer tückisch! Gut! Das war besser!

Jetzt noch mal!

Bunte Punkte schmierten vor meinem geblendeten Sichtfeld vorbei, obwohl es nicht gerade sehr hell im Zimmer war. Ich ließ mich auf das Bett fallen, das hinter mir stand, die Klampfe noch immer auf dem Bauch. Einmal mehr – nur jetzt nicht wegen der Wärme – lief mir Schweiß in Bahnen von den Schläfen herab. Ich schloss die Augen. Die Stechhelligkeit versiegte endlich. Die Discosplitter glitzerten allerdings noch immer schäumend vor meinen geschlossenen Lidern.

Privatfeuerwerk, toll! Wäre nur schöner, wenn mir dabei nicht so schwindelig wäre...

Langsam dunkelte sich mein Sichtfeld.

Als ich erwachte, lag die Gitarre abgerutscht auf meinem Bett, doch ich hatte den Gurt noch immer über der Schulter. Fast strangulierend am Hals. Maras geschocktes Gesicht über mir.

„Sammy? Warum pennst du?"

„Sonntagsnachmittagsschlaf, kennst du?", antwortete ich schlagfertiger, als ich es meinem Befinden zugetraut hätte, denn ich hatte jetzt starke Kopfschmerzen.

„Mit der Klampfe um, dem Verstärker brummend? Als ob du beim Spielen ins Koma gefallen bist?" Hohlstimme.

Mara war wie immer viel zu plietsch, als dass man ihr etwas vormachen konnte.

„Ja, nee... Mir war etwas schwindelig beim Spielen. Vom Singen. Da bin ich wohl kurz eingeschlafen..."

„Du bist... bewusstlos geworden!"

Ich schwieg.

Mara streckte zitternd die Hand aus, um mir die Gitarre abzu-
nehmen.

„Schon gut! Ich mach dat!", keuchte ich beim Aufrichten und
wandt mich aus dem Gurt.

„Samuel! Du musst das deinem Arzt sagen!", insistierte Mara.

„Nee. Alles gut. Nur mal kurz gechillt."

„Am Arsch, *nur mal kurz gechillt!* Du bist nicht nur psychisch,
sondern auch körperlich angeschlagen!"

Tamara hatte wohl recht. Wie immer eigentlich.

„Ich glaub, ich werd jetzt mal Wasser trinken", murmelte ich
und erhob mich wie ein Greis.

Den Rest des Sonntags beäugte mich Tamara sehr misstrau-
isch. Ich hatte es aufgegeben noch weiter das Lied für meinen
Vater zu üben. Immerhin hatte ich es schon ganz gut drauf. Ich
saß mit Tamara auf der Couch, las, schrieb auch noch einen
Lyrikschrotthaufen in eines meiner Notizhefte. Bloß nicht weiter
etwas zu Zielgerichtetes anpacken. Jedoch: der Horror relaxati-
onis hatte mich tief ergriffen.

Ich hätte auch gerne einmal wieder ein Computerspiel genossen, wie als Kind – einzig meine selbstgesetzte Arbeitsmoral
trieb mir sofort das schlechte Gewissen rein, wenn ich in der
Freizeit nicht versuchte, endlich einen artistischen Fußabdruck
zu hinterlassen. Vielleicht war es auch der Abdruck meiner el-
terlichen Erziehung wiederum, der mir diese Gewissensbisse

frei Haus gesandt hatte. Die Arbeit war immer die Krone der Prioritäten gewesen.

Nur war wohl nicht erwartet worden, als ich quasi zwischen den Systemen aufwuchs, dass meine Arbeiten gleichsam zerrissen würden. Einerseits in die Arbeit, die ich machte, weil ich sie konnte und damit mein Leben bezahlte und in die, die ich machen musste.

Dies war sicherlich nichts Außergewöhnliches in meiner Selbst, noch etwas Brandneues. Ich hatte schließlich auch Künstlerromane und -novellen gelesen.

Und die Armee von den wahrhaftig am Hungertuchgeknabberthabenden war bereit mich gehörig zu verprügeln, wenn sie in den Luxus meines Lebens sah. Ein Luxus absolut. Eine Schande relativ. Wenigstens jedoch eine, an der ich nicht Schuld war.

Mir war das zum Glück wenngleich nicht egal, so doch kaum wichtig und die Zerrissenheit hatte mich jahrelang so gequält, dass ich abgestumpft war.

Doch so lange der Cursor in der Textverarbeitung blinkte, so lange ich schreiben konnte, war ich erst einmal entspannter als die Majorität der Leute um mich herum, denen die Zukunft zu nebulös war und die sich dann erschreckten, wenn sie doch einmal einen Wolkenriss vernahmen und in das Kommende reinluschern konnten.

Sei die Affenprosa nun lasterhafte Zeitverschwendung, sei sie sinnlos und traurig, sei sie Wahrheit und Ziel – ich war mit ihr d'accord. Eine Farce war nur zu glauben, ich hätte also jemals überhaupt Freizeit gehabt.

Kapitel 12 – Das Unerhörteste ist das Alltägliche

Der Montag kam mit köstlicher Geschmacksfülle im Umamimund. Nee, natürlich nicht. Der Geschmack der Emesis blühte in meinem Maul, typisch schön mit dem Magensaftflor, als der Wecker zum Tanze aufspielte. Zumindest subjektiv-psychisch. Real blieb der Speisebrei in etwa dort, wo ich ihn am Vorabend noch hinbefördert hatte.

Ich quälte mich aus dem Bettchen. Mara war schon wieder Stunden vor mir los. Ich seufzte, als ich die Laken sah, die nun auskühlen würden, und ging in die Küche, mir Kaffee kochen.

Schusser saß schon wieder geistesabwesend vor dem Monitor, in Lederjacke kaffeetrinkend. Er sah aus, als ob er das ganze Wochenende durchgearbeitet oder durchgefeiert hatte. Möglich war bei ihm beides. Ich vermutete schon länger, dass er wohl Aufputschmittel konsumierte, um seinen jungen Hedonismus gleichzeitig mit seinem selbstdestruktiven Ehrgeiz in die Praxis umzusetzen.

„Moin Schusser!"

„Ey moin, Sammy." Er machte ein schuldbewusstes Gesicht und verschluckte sich am Kaffee.

„Digger, is' die Chefin da?"

„Nee, Sammy. Carin ist noch krankgeschrieben."

„Das heißt im Umkehrschluss, dass ich dir wieder die Woche schön zuarbeite?"

Er krampfte seine Hände, flüsterte dann aber mit Verschwörerstimme: „Sammy, ich finde – wir teilen uns einfach die Aufgaben diese Woche und schreiben die dann gemeinsam, okay?"

„Schussi, das klingt super, aber missachtet das nicht Carins Anweisungen?"

„Merkt doch keiner, oder wie?"

„Dann müsste ich aber unter deinem Namen publizieren, Pascal."

Jetzt merkte ich, wie es in Schussers vertüddeltem Kopf arbeitete. Ich sah die Waage seiner Reflexion zwischen *Stolz* und *Angst* wippen. *Stolz* einerseits, weil er de facto damit zum Chef unseres Büros aufstieg und ohne Frage die zusätzliche Menge an Beiträgen seinem Portfolio gut zu Gesicht stand. *Angst* andererseits, weil er wusste, dass meine Beiträge immer auch ein Risiko bargen, so gut sie meist doch waren.

„Würdest du das machen?", fragte er.

Jetzt grübelte ich.

„Ja, Digger." Es widerstrebte mir, nicht unter meinem Namen zu publizieren, aber noch mehr widerte mich bloße Recherche ohne Verschriftlichung an.

„Okay... Sammy, aber... du schreibst dann nicht wieder so ein' Artikel, wie das eine Mal über diese Sporthalleneröffnung durch den Typen aus der Bürgerschaft, okay?"

Schusser spielte auf einen Beitrag von mir an, der der Medienbude einen harten Rechtsstreit mit satten Kosten eingebrockt hatte, mir beinahe die Kündigung, aber andererseits uns vor zwei Jahren groß ins Gespräch der Stadt brachte.

„Nee, Digger."

„Okay…" Ich sah förmlich, wie Schusser versuchte sein eigenes Unbehagen nach dieser Zusage runterzuschlucken, doch es klebte schlimmer in seinem Larynx fest als Teer an einer Straßenbauarbeiterjacke.

Schusser und ich drehten in ohnmächtigem Arbeitswahnsinn auf und verheizten uns selbst. Der Montag war noch ruhig, wenngleich wir dort schon unsere Website gut bestückten. Der Dienstag und Mittwoch waren ein Arbeitsamok. Wir löschten offene Themen aus, indem wir sie umwandelten in publizierte Artikel.

Die wahllose Gier nach Quantität war uns in die Herzen gefahren und entlud sich über unsere tippenden Finger.

Die Qualität kam schon von selbst, denn Schusser und ich hatten genug Talent für die Brotarbeit, um sie verachten zu können – nur Schusser wollte an ihr heraufklettern, um sie zu überwinden, während ich ja eben an ein Schreiben nach diesem Schreiben dachte.

Niemand, der sich etwas auskannte mit den Möglichkeiten einer Onlinepublikationsredaktion, würde glauben, dass all die Artikel innerhalb der kurzen Zeit von Schusser alleine stammten, auch wenn sie alle seinen Namen trugen.

Einige Kollegen schauten uns böse, andere mitleidig an, wenn wir uns an der gleichsam schwerstarbeitenden Kaffeemaschine bedienten, die Schusser und mich befeuerte. Zumindest mich einzig – Schusser war ja vielleicht auch noch auf anderen Substanzen unterwegs.

Wir waren ohnehin Außenseiter in der Redaktion, doch noch nie kam dies deutlicher zutage als in diesen Tagen, in der wir unsere bescheuerte Offensive starteten, ohne dass es dafür überhaupt einen vernünftigen Grund gab.

Dickfischig wurde es dann am Donnerstag. Ich sollte mal wieder außer Haus, um ein Interview zu führen. Es war wichtig und dass wir die Interviewzusage bekommen hatten, zeugte doch davon, dass die Medienbude sich ein gewisses Renomee erarbeitet hatte.

Es regnete ekelhaft den Tag und Schusser war froh, dass er nicht in das Schietwetter raus musste.

Ich stieg mit meinem Aufnahmegerät aufs Fahrrad und fuhr durch Sturm und Wasser zur Universität der Stadt, wo sich mein Interviewpartner befand.

Es war ein merkwürdiges Gefühl, wieder den Campus zu betreten. Seit meinem Studienende vor einigen Jahren war ich nicht mehr hier gewesen. Mein Bauch hob sich seltsam und ich fühlte eine leichte Übelkeit, die aber gar nicht unbedingt schlimm war.

Fremde junge Menschen liefen schnell zu ihrem Hörsaal, getrieben vom Regen.

Ich erschrak vor mir selbst, als ich sie belächelte und in meiner Brust eine Mixtur von nostalgischem Neid und veteranchauvinistischem Verlachen aufstieg.

Ich hatte schon manchmal gedacht, wie es wohl wäre, an die Uni zurückzugehen. Aber ich fühlte mich gerade in meiner schlechten Verfassung zu unsicher, um so umkrempelnde Entscheidungen zu treffen. Zudem hatte ich wohl vergessen, wie ich die Universität und das Akademische während meines Studiums – und besonders an dessen Ende – verflucht hatte.

Ich betrat das Universitätsgebäude und zeigte meinen Presse-ausweis an der Rezeption vor. Während die zuständige Sekre-tärin ihren Computer bediente, schaute ich die alten Treppen herauf.

Wieder überkam mich ein sonderbares Gefühl, dass ich inner-halb der geschichtsträchtigen Mauern erneut herumgehen, meinen Alltag mit ihnen teilen könnte. Mir war völlig klar, dass es eine Verklärung war, aber doch glaubte ich in diesem Mo-ment, dass – teilte man sein Erleben jedes schlichten Tages mit so viel bemerkter Geschichte – man Teil dieser Geschichte würde und gleichsam bemerkt würde.

„Sie müssen nochmal zurück, Herr Rall."

„Wie bitte?"

„Der Herr Professor befindet sich momentan, laut Lehrplan, im Auditorium Maximum."

„Achso, gar nicht hier im Haus?"

„Nein, tut mir Leid. Das Audimax befindet sich–"

„Danke, ich weiß wo das ist! Ich hab' hier auch mal studiert!", schnitt ich ihr das Wort ab und ging erneut raus in die Wasser-massen, die noch zugenommen hatten.

Die Schleusen des Herrgotts waren voll geöffnet und obwohl der Weg zum Audimax vielleicht nur dreihundert Meter Luftlinie waren, färbten sich meine ohnehin schwarzen Klamotten noch dunkler in der völligen Durchweichung.

Das Auditorium Maximum war ein modernes Gebäude mit viel Glas, Holz und Stahl. Ich drückte die schwere Tür auf und ging durchs Foyer direkt in den riesigen Hörsaal.

Unten vor der Tafel stand alleine mein Interviewpartner und packte gerade seinen Laptop in die Klischeelederdozententasche.

„Moin! Samuel Rall!", begrüßte ich ihn und mich gleich vorstellend, während ich auf ihn zuging.

„Ach, Herr Rall! Ja, wir sind ja verabredet! Sind Sie sehr nass geworden?" Das war eine so schlechte rhetorische Frage, dass ich sie nicht von einem Professor erwartet hatte, denn die Schneckenspur hinter mir und die Rinnsale, die von meiner Kleidung herab den Boden fluteten, konnte er wohl nicht übersehen haben.

„Nein, alles okay! Ich mache mir nur etwas Sorgen, dass meine Balkontomaten verdorren", antwortete ich und bereute es sofort, denn das Interview war wichtig für die Medienbude.

Und ein Vertreter derselben, der renommierte Wissenschaftler beleidigt, kam sicher nicht so gut an. Außerdem hatten Mara und ich gar keinen Balkon.

Doch der Dozent lachte und führte mich in einen nebenliegenden Vorbereitungsraum, wo weniger Hall herrschte, für die Interviewaufnahme.

Ich führte das Interview souverän und entspannt durch. Ich fürchtete mich nicht vor solchen Aufgaben oder war sonderlich aufgeregt deswegen. Dies gar nicht mal aus einer Überheblichkeit des Vertrauens auf mein Können heraus, sondern weil ich insgeheim doch nur daran dachte, dass zu Hause der Cursor blinken würde und darauf wartete, dass ich Gerechtigkeit schaffte. Nicht mit mir selbst, sondern nur mit dem, was das, welches als Prosa übrigblieb, schaffen konnte. Zur Not auch nur für sich selbst. Das genügte mir.

„Sie sind ein interessierter Mensch, Herr Rall!", attestierte mir der Professor noch nach dem Interview.

„Meinen Sie?", fragte ich und ein schelmisches Lächeln konnte ich nicht zurückhalten angesichts dessen, wie ein so kluger Mann meine Distanz als Interesse missdeutete. Es kam nicht so häufig vor, dass man meine Spleenigkeit als Professionalität las.

„Meine ich. Man merkt, dass Sie ein Geisteswissenschaftler sind, Herr Rall", antwortete der Professor ungerührt.

Er selbst war einer dieser Geisteswissenschaftler, deren Fach auch ein großer Anteil an Naturwissenschaft innewohnte. Aus einer anthropozentrischen Sicht könnte man sein Metier sogar als gleichsam naturgegeben lesen. Jedoch war bei ihm die gesellschaftliche Relevanz seiner Forschungsarbeit um einiges höher – besonders als Koryphäe seines Gebiets.

Ich nun denn war ein gesichtsloser Literaturwissenschaftler, der fachfremd als Journalist arbeitete und sich zu allem Pech dann sogar noch für einen Literaten hielt. Es konnte keine unglücklichere Kombination geben, als Kunst und Wissenschaft bei beidem im Untergrundniveau.

„Ich habe schon lange nicht mehr wissenschaftlich gearbeitet", antwortete ich dem Dozenten jetzt leise mit fixiertem Blick.

„Auch nicht journalistisch?"

Die Lockerheit des Gespräches war plötzlich fort. Warme Herzlichkeit war jetzt kalte Präzision.

Das erste Mal in dem Gespräch merkte ich Anspannung meine Sinne stählen. Das war jetzt plötzlich nicht mehr Brotarbeit. Doch konnte ich auch nicht ausmachen, was es denn nun war.

„Der Journalismus ist vielleicht eine Ausnahme", antwortete ich.

„Sie arbeiten an etwas anderem, nehme ich dann an?"

„Wie kommen Sie darauf?"

„Wenn Sie mir sagen, dass Sie Journalismus nur noch als strenge Arbeit betreiben, dies aber erst als Einschränkung zugeben, oder korrigierend nachsetzen, so bin ich mir sicher, dass das, was Sie hier gerade betreiben, nicht das ist, was Sie mit Herzblut betreiben. Und wenn Sie das hier nicht mit Herzblut machen – obwohl Sie's ziemlich gut gemacht haben, wie ich mal an der Stelle anmerken möchte – so kann das nur bedeuten, dass Sie an etwas anderem mit Herzblut arbeiten. Ein Mensch, der so in Job und Termin steht, hat irgendetwas mit Herzblut in seinem Leben. Überhaupt gibt es nur wenig wahren Universalphlegmatismus."

Mir fröstelte es jetzt und ich war mir sicher, dass es nicht von meinen durchnässten Kleidern kam.

„Was glauben Sie denn, was das ist?", fragte ich provozierend.

„Nun, ich bin kein Wahrsager oder Psychologe oder so etwas, aber ich nehme an, Sie betreiben etwas, das recht im Klandestinen stattfindet. Sonst hätten Sie offener darüber gesprochen. Irgendetwas, was Sie aus irgendeinem Grund nicht groß nach außen tragen. Dafür aber umso mehr für sich selbst im Inneren kultivieren, ehren und sich daran aufreiben."

„Das wäre was?"

„Vielleicht etwas Kriminelles. Oder etwas sexuell Tabuisiertes."

Ich lachte unwillkürlich.

„Nicht? Dann wird es wohl etwas Harmloseres sein. Sie sind Künstler, vermutlich?", setzte er nach.

Mein Lachen erfror augenblicklich hässlich in meiner Fresse.

„Ah, ja... Das war einfach. Man sieht Ihnen auch das Künstlertum an, wenn ich so ehrlich sein darf, Herr Rall." Jetzt lachte er.

„Nun gut... ich denke wir sind mit dem Interview durch", begann ich jetzt und steckte das Aufnahmegerät hastig ein.

„Ja, sind wir, Herr Rall. Danke für Ihre Mühe und Zeit."

Eigentlich hätte letzteres mein Text sein müssen.

„Ich danke *Ihnen*."

„Nichts zu danken. Sie bewerben ja indirekt meine Forschung. Eine gute äh... wie sagt man jetzt? *Win-Win-Situation*?"

„So sagt man, glaube ich", log ich, weil ich es wusste.

„Ja... Sagt man. Wie auch immer, Herr Rall – falls Sie daran denken, zurück an die Universität zu gehen, sollten Sie mit sich ins Reine kommen, was die Diskrepanz zwischen Wissenschaft und Kunst angeht. Ohne Willen, Herzblut und Disziplin können Sie ein Überleben im Akademischen vergessen!"

Ich war paralysiert. Nach einigen Sekunden brachte ich die Frage raus: „Wieso sollte ich zurück an die Uni wollen?"

Verschmitzt raunte der Herr Professor: „Naja... Wenn Sie momentan wohl nur oberflächlich bei Ihrem Journalismus sind... kann es ja schon sein, dass Sie beruflich noch etwas anderes machen wollen. Ich bin geneigt *nachhaltig* zu sagen, aber das erschiene mir dann doch etwas chauvinistisch. Wie auch immer: Wenn Sie der Kunst tatsächlich nachjagen, dann sollten Sie das fokussiert tun, aber ich brauche jemandem in Ihrem Alter nicht sagen, dass das eine sehr schwierige, undankbare und auch gefährliche Aufgabe ist."

Wie der Typ so meinen Gedanken an die Unirückkehr lesen konnte, der keine halbe Stunde alt war, entsetzte mich.

Ich bedankte mich für den Ratschlag, packte meine Sachen und sah zu, dass ich raus in den Luftteich verschwand.

Noch immer also in Strippen regnend, umfing mich der Campus wie eine Erlösung. Es gibt kein Lossagen ohne volle Lungen und bloß ab aufs Rad!

Ich machte, dass ich zurück in die Redaktion kam. Zum Glück erklärte sich der bescheuerte Schusser bereit, das Interview zu transkribieren, also Überstunden zu schieben. Somit konnte ich Feierabend machen.

Noch abends im Bett – Mara schlief schon längst – musste ich an die Schulmeisterung des Professors denken. Eine tatsächliche Gedankenachterbahn rauschte durch ihre Loopings. Keine Möwenmetapher half jetzt.

Wie hatte der komische Typ rausbekommen, dass ich an die Rückkehr zur Uni und den Start in ein akademisches Leben gedacht hatte? In der quatschigen Hoffnung, dass es mir dort besser gehen würde. Und *woher* kam überhaupt jetzt auf einmal dieses unbändig brodelnde Gefühl, dass es doch noch ein Leben außerhalb von belanglosen Onlineartikeln und klandestiner Literatur geben müsste? Dass ich die Musik jetzt auch noch fast gänzlich eingebüßt hatte, schien mir wie eine Galgenschlinge über meinem Kopf zu hängen.

Immer wieder war es mir ein Rätsel, wie es so etwas wie die Gewöhnung an all den unfassbaren Wahnsinn der täglichen Routine geben konnte. Wie konnten es Menschen über Jahrzehnte akzeptieren, dass sie einfach so ihren Scheiß machten und nichts vom Leben zu erwarten schienen? Den Einstieg in die Reproduktion und somit die Qual, anderen, neuen, unschuldigen Menschen die Sinnlosigkeit der Existenz aufgezwungen zu haben, konnte ich am allerwenigsten begreifen. Oder zumindest moralisch gutheißen. Begreifen vielleicht doch, war es doch eines der wenigen Male, wo ich auch bei anderen erkannte, dass sie einen Bruch im Alltag erfuhren.

Vielleicht war es dieser Bruch, den sie damit einmal in ihrem Leben suchten? Aber damit ein frisches Menschlein zu strafen? Es zerrte mir im Bauch vor Übelkeit. Das Leid der Existenz erschien mir grundsätzlich unvermeidlich. Ich hörte erbärmliche Menschen von Egoismus reden, wenn andere sich entschieden ohne Nachwuchs zu bleiben. Aber egoistisch war doch vor allem der Drang, aus einer eigenen Ansicht anderen Menschen das Leben aufzuzwingen, in welchem sie nur mit Füßen getreten wurden und mit der wahnsinnigen Sinnlosigkeit, jeden Tag irgendetwas zu tun, konfrontiert wurden. Die meisten taten dann noch etwas, was sie sich im besten Fall akzeptabel eingerichtet hatten, meistens aber sogar hassten.

Ein Schauder durchrüttelte mich im Bett, wenn ich an mich selbst dachte. Wo waren die Jahre abgeblieben? Im Studium? Nach dem Studium? Jetzt im Job der Medienbude. Ich wusste es nicht. Und was ich geschaffen hätte, das mich überleben würde, wusste ich erst recht nicht.

Und ich wusste auch nicht, ob es nicht ein überheblicher Ansatz war, dass man Tiere beneiden sollte, weil sie angeblich kein Bewusstsein hatten, oder ob unser aller Anmaßung und Verblendung nur so perfekt war, dass wir ja den Wahnsinn feierten, den wir selbst kreierten und in dem wir uns zermahlen ließen.

Auch ich hatte mein Alltägliches. Ich war ja kein dauernder Pflegefall geworden und erst spät in meinem Leben in die Klinik auf der anderen Flussseite gekommen. Also musste auch ich fähig gewesen sein, mein Leben dem Alltag zu überschreiben. Und dies war doch die größte Unverständlichkeit innerhalb der gesamten Chose. Nicht weil ich etwas Besonderes war, sondern weil ich doch so gewöhnlich war. Nur mit der tragischen Seltenheitsreflexion, dass ich mich fragte, was das alles nur für eine Scheiße war und was sie sollte.

Die ganzen Ausbrüche aus dem Alltag, ob positiv oder negativ, gerieten immer zu Sensationen. Nur waren es doch eigentlich sie, die beim Wunder des Lebens das Normale waren und nicht das Warten auf den Tod im Büro bei Kaffee und Blick zur Uhr.

Kapitel 13 – Reflexionen

Übermüdet und in Laune wie ein trinksüchtiger Kinderfeind, der als Karussellleiter arbeitet und in Norwegen auf seiner Jahrmarktstour angekommen ist, kam ich am Freitag ins Büro. Der durchgeknallte Pascal sah nicht großartig besser aus, seine Augenringe glichen bereits erwähnten Reifenburnouts bei solchen komischen Tuningszenetreffen. Aber immerhin war Schusser ja auch auf dem besten Weg in sein eigenes Ausbrennen.

„Digger, du siehst müde aus", begrüßte ich ihn.

„Sammy… ja… ich hab die ganze Nacht durchgearbeitet, nur vorhin mal zwei Stunden auf der Redaktionscouch gepennt."

„Warum machst du diese Scheiße?"

„Du… der Artikel mit dem Interview da… dein Professor… ist fertig und bereits online", ignorierte er meine Frage.

„Danke, Digger."

„Sammy, du siehst aber auch fertig aus." Er hatte nun auch mal lederjackenknarrend aufgeschaut und mich angeblickt.

„Schlecht gepennt. Danke für's Interview."

„Wie war der Typ so?"

Was ist das für eine Scheiße? Seit wann machte Schusser Smalltalk? Und dann noch gerade zu dem Typ, der mich diese Nacht um den Schlaf gebracht hatte – und das in einem gänzlich unromantischen Sinne.

„Strange", antwortete ich Schusser. Immerhin antwortete ich.

„Wieso?"

„Irgendwie weit draußen…"

„Wie? Ein Fachidiot, oder was?"

„Digger, nein. Keine Ahnung. Merkwürdiger Typ halt."

„Sammy, du bist aber auch merkwürdig!" Ich glaube, Schusser hatte noch nie so viele Sätze am Stück geredet, obwohl wir seit Jahren zusammenarbeiteten.

„Pascal, wat gibt dat heut zu tun?", fragte ich ihn jetzt gezielt abwürgend.

Er schaute mich sich umdrehend an, sodass seine Lederjacke knarrte und knackte, wie ein oller Baum im Winde.

„Theoretisch gesehen nix", seine Antwort.

„Wie… Nix?"

„Na… Wir haben alle Vorlagen erst einmal abgearbeitet."

„Aha… Dann können wir jetzt schon Feierabend und Wochenende machen?"

„Lass mal zum Anfang Kaffee holen!"

„Klingt vernünftig."

Ich saß den Rest des Tages mit Tasse hinter Schusser Knarrjack, der einen Artikel noch ohne Vorgabe zusätzlich verfasste, um weiter beim Redaktionsvorstand zu punkten. Ich sah ihm kaffeetrinkend beim Abkokeln zu. Dann schrieb ich noch ein, zwei Gedichte in mein Notizbuch, das ich immer bei mir führte, und verabschiedete mich ein bisschen zu pünktlich ins Wochenende.

Mein treues Fahrrad führte mich wie im Freitagsritual zum Betonklotz am Hafen.

Im Aufschauen – wie auf Bestellung – sah ich eine weiß-silberne Genossin ihre Flügel kräftig und elegant im Himmel schlagen. Wenn die Möwen über dir sind, magst du zwar nicht sicher sein, ob du noch Boden unter den Füßen hast – es könnte ja auch die See sein – doch du kannst dir sicher sein, dass jemand über dich wacht und das Land doch nicht weit ist.

Mit diesen kitschigen Gedanken betrat ich den Klotz.

Das Lowinchen schaute irgendwie schuldbewusst, was mich völlig überrumpelte, handgebend: „Guten Tag, Herr Rall."

„Tach schön!", versuchte ich es mal förmlich mit der besten Floskel meines Vaters, die ich seit Kindergartenzeiten kannte und gespeichert hatte.

Warum schaute sie schuldbewusst? War ihr letzter Ausbruch ins Politische ihr unangenehm? Diese Frau war doch Profi. Merkwürdig...

„Wie geht es Ihnen, Herr Rall?"

„Ja... Nee... Ziemlich scheiße."

„Wieso?"

„Ist Ihnen schon mal aufgefallen, wie unglaublich sinnlos jedwede Existenz ist?"

„Natürlich. Das fällt ja nun jeder und jedem mindestens einmal im Leben auf. Es ist ein Trugschluss zu glauben, dass das Initialmomentum der Philosophie abstrakt wäre. Es ist grundlegender als ein Flussbett, alltäglich wie ein Kalender."

Aha, Wortspielfreitag bei meiner Therapeutin. Das bekommt man auch selten zu hören.

„Na großartig", antwortete ich und konnte nichts mehr sagen.

„Sie hadern mit Ihrem Alltag, Herr Rall? Der Arbeit?"

„Kommt drauf an welche Sie meinen."

„Ich rede von Ihrer Brotarbeit."

170

„Ja. Habe ich mir gedacht. Nun ja, die ist momentan nicht gerade gnädig zu mir."

„Es tut mir Leid Ihnen sagen zu müssen, Herr Rall, dass sie das in den seltensten Fällen ist."

„So?"

„Ja. Was ist denn passiert?", versuchte sie es nun einfühlsamer. Aha. Ein Strategiewechsel.

„Meine Chefin ist seit letzter Woche krank."

„Und?"

„Gab vorher mit ihr nicht so schöne Szenen."

„Wieso?"

„Naja... Kurzum meiner Eigenständigkeit wegen."

„Was hat das mit der Krankschreibung Ihrer Chefin zu tun?"

„Ich hätte gerne vorher was mit ihr geklärt gehabt."

„Was denn?"

„Dass ich nicht unbedingt immer nur so stumpfe Text-und-Recherchearbeit machen wollen würde."

„Aber dies ist doch Ihr Handwerk, oder?"

„Naja schon... Jedenfalls ist sie, bevor sie krank wurde, dazu übergegangen, mich als bloßen Hilfsknecht meinem Kollegen zur Seite zu stellen."

„Verstehe. Haben Sie die ganze Woche nur zugearbeitet?"

„Nein."

„Nicht?"

„Nein, ich habe mich – mit Wissen meines Kollegen – nicht an die Anweisung gehalten."

Sie nickte stumm und notierte klappernd auf dem Zettel auf ihrem Plastikbrett.

„Sie sehen übermüdet aus", schoss das Lowinchen plötzlich quer.

„Ja... Bin ich auch."

„Warum?"

„Ich schlafe in letzter Zeit so schlecht."

„Weswegen?"

„Na... Alles... Depressionen, Ängste vor der Zukunft und die Halluzinationen."

„Hatten wir die Zukunftsängste nicht bereits letztes Mal besprochen?"

„Doch, hatten wir."

„Und?"

„Frau Lowag, erwarten Sie, dass man die Bedrohung von Existenziellem so einfach beiseite wischen kann wie komplette menschliche Existenzen in Datingapps?"

„Nein", sie ignorierte meinen Witz, „Aber Sie leiden doch nicht an einer solchen Bedrohung." Nachsetzend.

Ich seufzte tief. Ihr war nur mit striktester Rationalität beizukommen.

„Ich überlege, ob ich nicht noch zurück an die Uni gehen kann. Ein anderes Leben wählen. Der Akademik in den Schoß zurückstolpern. Noch bin ich wohl jung genug dafür, auch wenn ich mich momentan so fühle, dass ich Rente auf dem Konto haben müsste."

„Und der Journalist Rall?"

„Der Journalist Rall ist ohnehin nur ein Kompromiss aus Angst gewesen."

„Das ist ein vernichtendes Verdikt, das Sie gegen sich selbst fällen! Das ist Ihnen klar?"

„Is' mir egal."

„So so, Herr Rall. Egal." Wieder notierte sie.

„Ja, is' mir egal."

„Kann es sein, dass überhaupt die Reflexion Ihrer Arbeitsumstände bei Ihnen gedanklich-emotional einen massiven Platz einnimmt?", fragte sie rhetorisch, denn natürlich wusste sie, dass es so war.

„Ja, sehr wahrscheinlich. Aber das wissen Sie selbst. Es kommt wohl drauf an, welche Art von Arbeit ich eigentlich machen wollen würde."

„Sie würden am liebsten schreiben, nicht wahr?"

„Ja."

„Aber das tun Sie doch bereits. Als Journalist."

„Ja, aber Sie wissen doch genau, dass ich dieses Schreiben nicht meine."

„Sie wollen ein Autor sein!"

„Ja."

„Ein Literat."

„Ja."

„Sie wollen aber gleichsam Ihre Sicherheit behalten."

„Logisch."

„Solange die Ängste hier reicher sind als die Freude an kultureller Kraft, werden Sie in diesem Land nicht beides haben können, Herr Rall", schloss sie plötzlich, „Verstehen Sie mich nicht falsch, Herr Rall: aber wir haben das letzte Mal genug über Zukunftsängste und dergleichen gesprochen. An einer Maxime der Gesellschaft können wir zu zweit so viel rütteln wie wir wollen, umstoßen tun wir sie doch nicht. Und wenn die Maxime nun mal heißt: wir definieren uns vollends über unsere Arbeit – hier im Osten noch viel mehr – dann müssen wir vorerst ein Arrangement damit finden", ergänzte sie sich selbst.

Ich nickte verschalend.

„Herr Rall, lassen Sie uns mal Revue passieren."

„Okay…"

„Sie haben eine Handhabe gegenüber Ihren Depressionen, wenn Sie es schaffen lockerer und draufsichtiger zu agieren, ja?"

„Mhm… ja…"

„Sie haben die gleiche Handhabe im Zuge Ihrer Halluzinationen, insofern Sie auch hier die rationale Spiegelung der Gegebenheiten nicht außen vor lassen und versuchen Vorsicht walten zu lassen, ja?"

Ich schnaubte altschwere Luft aus.

„Ja?", hakte das Lowinchen stärker nach.

„Ja…" Ich keuchte.

„Die Einschränkung ist bei dem halluzinatorischen Punkt wichtig. Nun weiter – Sie haben die Sicherheit in Ihrem Leben, die es erst einmal braucht. Die Angst in Realität der immer kleiner werdenden Sicherheit innerhalb des Landes mag ja sogar real sein, irreal ist aber ihre bedingungslose Dazugehörigkeit in Ihrer Person."

„Ja…"

„Was meinen Sie, Herr Rall, was wir daraus nun machen sollten?"

„Woraus?"

„Aus dem Wissen, dass Ihre Ängste – so nachvollziehbar sie auch sind – nicht unbewusst Sie treffen und Sie teils von Ihnen untangiert bleiben. Und selbst wenn diese Sie doch mal berüh-

174

ren: Sie haben dann immer noch eine konkrete Praxishandhabe, diesen Dingen entgegenzutreten. Ein bisschen Übung mit diesen Mitteln vorausgesetzt. Was meinen Sie, was wir mit diesem Wissen ob den Bedrohungen anfangen?"

„Sie sind doch meine Therapeutin, sagen Sie es mir."

„Herr Rall, Sie müssen hier auch was leisten. Wir arbeiten beide hier zusammen."

„Okay. Ja stimmt", antwortete ich schuldbewusst. Überhaupt hatte ich den Eindruck, dass ich Frau Lowag nicht dankbar genug dafür war, was sie schon an mir geleistet hatte. Die Hilfe in meinen Leben, die sie bisher erbracht hatte, stach heraus. Da konnte ich mich ja ruhig ein bisschen anstrengen.

„Nun, ich denke...", grübelte ich zeitschindend aus meinem leeren Kopf heraus, „dass man mit solchem Wissen seine Ängste neu bewerten muss. Denn sie entbehren einer rationalen Angstgrundlage. Jedoch ist nicht alles rational, Angst zumeist ohnehin nicht."

„Ja... spannend. Der inhärente Gratwandel zwischen der Angst als therapeutisch relevante Phobie oder psychische Missfunktion und archaisch-gesundem Instinkt ist an dieser Stelle nicht aufzulösen, Herr Rall. Zumindest nicht vollständig."

„Wie denn dann?"

„Für's erste machen wir Folgendes..."

„Ja?"

„Haben Sie vorhin gehört, dass ich über Training an den Methoden gesprochen habe?"

„Ja..."

„Gut... Dann müssen Sie trainieren."

Ich seufzte. Denn natürlich hatte ich auf eine unkomplizierte Wunderhilfe gewartet. Da aber noch keine flauschigen Einhörner mit Zuckerstangen im Fell vorbeigetanzt gekommen waren und mir ein wohlkalkuliertes bedingungsloses Grundeinkommen in den Schoß gesabbert hatten, war es wohl noch nicht an der Zeit für Wunder. Sondern eher für verzehrende Arbeit.

Ich nickte traurig.

Frau Doktor Lowag schaute mich teils mit bemitleidendem, teils aber auch professionell distanziertem Auge an.

„Lassen Sie sich nicht unterkriegen, Herr Rall."

„Ja."

Die Zeit war schon wieder rum. Hatte sie mir überhaupt gesagt, *wie* ich trainieren müsse?

An der Tür stehend sagte sie noch: „Erstmal sollten Sie neben der Arbeitsreflexion Ihr Wochenende genießen."

„Hören Sie bloß auf!"

„Wieso?" Nun hatte sie den Plauderton aufgesetzt.

„Morgen am Sonnabend, gleich früh, muss ich zum großen Geburtstag von mei'm Vadder fahren."

„Ihr Vater feiert eine große Party? Nicht hier bei uns?"

„Nee, meine Eltern kommen ja nicht von hier. Etwas weiter landeinwärts. Mein Papa hat da so ein Landgasthaus gemietet, also den Saal, viele Leute sind eingeladen, et cetera."

„Aber das ist doch schön!", empörte sich jetzt Frau Lowag.

„Nee, naja… Vielleicht so 'n bisschen. Aber das wird sehr groß und wichtig und viele Leute – voll anstrengend. Gerade im Zuge dessen, dass ich mir sonst wünsche mal ein Wochenende meine Ruhe zu haben, ist das nun das Gegenteil davon."

„Achso, verstehe… darauf wollen Sie hinaus… Aber Herr Rall, nehmen Sie es einfach als das was es ist: eine gute Möglichkeit, Ihr Training gleich in einer praktischen Konfrontation anzuwenden und auszubauen!"

Ich schnaubte noch einmal mehr resignativ und müde.

„Außerdem, Herr Rall. So eine Party wird dann doch meistens recht schön, wenn man erstmal dabei ist, oder nicht?"

„Ja, ja… Stimmt… Sie werden schon recht haben… Tschüs, Frau Dokter!"

„Tschüs, Herr Rall!"

Die Tür fiel ins Schloss und ich wandelte im Betonriesen abwärts zu meiner wartenden Fietse.

Kapitel 14 – Crip-Walk nach Canossa

„Mara, kommst du?", rief ich ins Wohnzimmer, meine Jacke angezogen und eine kleine Reisetasche zu Füßen.

Mara antwortete nicht.

„MARA?" Ich öffnete die Tür und luscherte herein.

Tamara lag lesend auf der Couch und trug dabei Kopfhörer. Als sie mich in Jacke und mit fragendem Blick sah, zog sich ihr Blick gleichsam ins Fragliche und sie nahm die Musik ab.

„Sammy, willst du noch mal weg? Wir müssen nachher gleich los!"

„Nee, nich' nachher! Jetzt!"

„Wieso jetzt schon?"

„Na, der Zuch wartet nich' auf uns, nä?"

„Wieso Zug? Was soll dat jetzt?"

„Mara..." Ich war fassungslos von ihrer Vergesslichkeit, das hatte ich ja noch nie erlebt! „Die Party von meinem Vadder? Hallo?"

Einige Millisekunden prägte sich Wut in Maras Gesicht, der sich dann aber sogleich in bebende Sorgenangst umstülpte.

„Sammy... Wir haben gesacht, dass wir mi'm Auto zum Geburtstag fahren. In das Kaff fährt doch eh kein Zug..."

Ich öffnete meine geballte Hand. Meine Knie schlotterten leicht. Ich fror.

„Hatten wir das?"

Mara enthiefte sich ruckartig der Couch und kam auf mich zu.

Ihre Augen funkelten in Furcht.

„Sammy... Wat is' los mit dir?"

„Ich... ich weiß nich'..."

Eine Dreiviertelstunde später saßen wir in Tamaras Auto. Sie fuhr (ich durfte aus verschiedensten Gründen nicht, unter anderem weil ich keinen Führerschein hatte). Immer wieder warf sie nervöse Blicke aus dem Augenwinkel auf mich, der ich zusammengesunken auf dem Beifahrersitz hockte.

Sie hatte uns eine krasse Szene erspart, aber in ihr fühlte ich all die Stürme brodeln, die meine Verwirrung und Unzuverlässigkeit ausgelöst hatten.

Noch beide in Angst, hatten wir die Dinge gepackt: ich meine Gitarre und – ganz wichtig – das große, dicke Kuvert aus braunem Packpapier mit den Karten für das Musical. Mara ihre persönlichen Habseligkeiten für die Feier und was wir sonst noch so brauchten.

Beinahe hätte ich *jenes* Kuvert vergessen, aber dann – schon in Schuhen auf der Haustreppe – lief ich zu meiner Ablage am Schreibtisch und zog es an mich.

Die Landschaft rollte vor dem Fenster vorbei und ich genoss jede Sekunde des Ausblicks. Mara fuhr nie zu schnell und die Natur zu erblicken, die es in der Stadt nicht gab, umhüllte mich wie eine Decke aus Ruhe. Dass diese Natur dann auch noch wie ein überzogenes Landschaftsgemälde aussah – viel zu schön, viel zu ausgewogen – gab dem ganzen einen surrealen Anstrich. Eine Fahrt in ein irreales Land.

Doch mir grauste es insgeheim, dass ich schon wieder die einfachsten Sachen meiner Alltagsplanung nicht geschafft hatte und dass die Party mich emotional schaffen würde.

Furcht krabbelte spitzzahnig grinsend aus dem Fußraum an mir hoch und schmiegte sich frostig an meinen Brustkorb.

Die fliehenden Wiesen vor dem Fenster begannen zu glühen und ihr Grün toxisierte sich, winkte mir herüber, stürzte sich auf meine Augen.

Nicht das auch noch!

„Sammy?" Tamara fragte beim Fahren, mir einige schnelle nervöse Seitenblicke zuwerfend.

Ich hatte meine Augen zusammengekniffen und den Kopf an die Scheibe gelehnt.

„Nur müde…", log ich unverhohlen weiter. Ich hatte genug Sorge gestreut für Wochen, doch noch nicht einmal den Tag sauber hinter mich gebracht. Was auch nicht mehr möglich sein würde.

Helligkeit leckte durch meine geschlossenen Augenlider. Hielt ich sie doch geschlossen, um es Nacht zu haben. Aussichtslos. Die Sonne schien ja, es war da naiv gewesen, sie mit dem Abend tauschen zu können.

Wäre nur die Helligkeit so sickernd geblieben. Mit jedem Kilometer, den Mara südlich fuhr, crescendierte sich der Photonenkomplex. Bald waren es Bajonette aus Licht, die sich durch die Scharten stachen. Gefangen im Bunker, umzingelt, aussichtslos, moralverloren, die letzte Patrone nur noch in der Kammer in dieser Belagerung, alles andere verschossen. Wofür die letzte Kugel da war wusste man natürlich…

Mit einem Ruck riss ich mich aus den giftigen Gedanken. Mara schien sich etwas beruhigt zu haben, sie hatte das Radio angestellt – ganz leise nur – und summte – noch leiser – mit.

Ich war eingeschlafen, hatte vielleicht schrecklich geträumt, oder doch nur gedacht.

Ich zog aus meinem Rucksack zu Füßen meine Sonnenbrille, setzte sie auf und konnte sogar wirklich ein bisschen den Rest der Fahrt genießen.

Die Steine des Kies' knackten im Druck und spannten sich ineinander, als Mara darauf einbog. Der Weg zum großen Landgasthaus war breit, fein geschottert und gepflegt, wo auf der betonierten Landstraße davor noch Pferdescheiße lag.

Ein großer Wald streckte sich an der einen Seite des Hofs bis zum Horizont. An der anderen lag bloß Treckerland mit Windrädern.

Tamara zog ihren Pkw neben die anderen in eine Parktasche vor dem Haus, stellte den Motor ab.

„Da is' niemand zu sehen", murmelte ich, der ich näher am Haus saß und hinübersah.

„Quatsch, da's doch Licht, Sammy!"

Wie trübe Kippen an Nebelmorgen, an denen süchtig-gierig gezogen wurde, glimmten Lampen hinter den getönten Scheiben im Schankraum.

Wir stiegen aus. Niemand kam uns entgegen.

Ich hob die Taschen aus dem Auto, ließ Mara damit stehen und ging hinein, nach der Feiergesellschaft Ausschau zu halten.

Der Gasthof war in bemerkenswerter Mischung oldschoolig und modernisiert. An die Wand gehauene Sicheln, Dekogarben, Strohhüte und Bilder vom *Pionier* und *Fortschritt ZT* raunten alten, doch nahezu zeitlos entkoppelten Bauernflair herüber. Abgeschwächt genug, um niemanden zu vergraulen (denn Zirkel, Hämmer und das Logo der *DBD* fehlten natürlich) – auch keinen städtischen Bänker aus den alten Ländern. Sonst war alles schick und neu, oder – wie Tresen und Bauernschrank – aufgearbeitet. Das Holz abgeschliffen und frisch dunkel lasiert.

Wie sich später rausstellte, war das ganze Etablissement so gestaltet, nur dass im Schankraum noch Skatblätter an den Wänden hingen.

„Moin, ich suche die Geburtstagsgesellschaft von Herrn Rall", fragte ich die Frau an der Empfangstheke.

„Ja... Sind Sie dazu geladen?" Verwirrt hatte sie aufgeblickt und mich das Offensichtliche gegengefragt.

„Nee, ich habe als schmarotzender Partyparasit zufällig von dieser abgelegenen Geburtstagssause gehört, mich selbst eingeladen und werde mit meinem Verhalten das Fest maßgeblich ruinieren", lächelte ich und schob ihr meinen Ausweis auf dem Tresen zu, „Ich bin der Sohn", setzte ich nach, ehe sich meine Frechheit zu sehr setzen konnte.

Sie begutachtete die Plastikkarte und ihr Gesicht durchwanderten Zorn-, Belustigungs- und Einordnungsgrimassen.

Sie entschied sich, als sie mir den Ausweis zurückgab, für Geschäftshöflichkeit: „Die Gesellschaft ist im Garten, aber Ihr Vater ist mit Ihrer Mutter gerade losgegangen, in das Dorf, um Sie abzuholen."

„Mich abholen, wo?"

„Das haben sie nicht gesagt, aber es wunderte mich auch."

Ich wusste natürlich bereits die Antwort: „Haben Sie hier im Dorf einen Bahnhof?"

„Ja, wenn Sie von der Hauptdorfstraße westlich abbiegen, zum Fluss runter. Der ist auch noch ausgeschildert, aber seit nunmehr zwölf Jahren stillgelegt."

„Da fährt kein Zuch mehr?", hakte ich nach.

„Sie wissen, Herr Rall, was *stillgelegt* bedeutet, ja?" Faire Sache, dass sie es nun auch frech hielt.

„Alles klar, dankeschön!", sagte ich.

„Glauben Sie, Ihre Eltern sind da?" Okay, das war jetzt schon zu neugierig.

„Nee, ich denke sie haben vor der Feierei reißaus genommen."

Ich blinkerte mit den Augen, bedankte mich im Grinsen und ging wieder zu Mara raus. Dafür, dass ich so viel Scheiße baute, übte ich mich nicht gerade in sprachlicher Zurückhaltung.

Ich hatte mit vielem gerechnet, aber nicht, dass als ich aus dem gedimmten Landhaus kam, mir die Sonne – über den Acker strahlend – einen derartigen Hieb versetzte. Ich taumelte, als mich das Licht traf. Trotz Brille bereiteten mir die Strahlen unmittelbar körperliche Schmerzen. Ich hielt mich am Rahmen der Tür und Übelkeit kroch mir den Magen hoch.

Mein Gott! Dies musste aufhören!

„Wat is'?", fragte Mara verwirrt stehend, als ich die Beifahrertür aufmachte.

„Meine Eltern sind schon losgegangen, uns abholen!"

„Was? Wohin? Wo denn abholen?"

„Die sind zum Bahnhof."

„Was 'n für 'n Bahnhof?"

„Hier's 'n Bahnhof."

„Wo? Und wieso sind deine Eltern da?"

„Hier an der Dorfstraße seitlich. Die sind mich abholen, weil ich das meiner Mudder verkehrt gesagt hab..." Ich stammelte und eine Schamoffensive umarmte mich. Gerne hätte ich die Schleusen von Charme geöffnet, statt mich von dem anderen fluten zu lassen.

Mara machte ein so trauriges Gesicht, wie ich es noch nie an ihr gesehen hatte. Aber ich konnte auch nur sehr schwer hinsehen, so glühte alles.

„Lass ihnen entgegengehen...", sagte sie und schlug die Beifahrertür wieder zu.

Wir schwiegen auf dem Weg. Das Dorf lag komplett ausgestorben da, wenn man von etwas Hundebellen absah und an einer Straßenecke von Hühnern, die hinter einem Zaun scharrten und leise ihr *Bok-Bok* machten.

Tatsächlich war der Bahnhof ausgeschildert und leicht zu finden. Die Hauptdorfstraße zeigte hässliche, kalte Fassaden eines elenden Durchfahrtsdorfes. Die Nebenstraße zum Bahnhof lag in Frieden und ruraler Geschlossenheit. Lächerlich, wie einfach sich mein Sehnsuchtsgeist in pastoraler Romantik, die eher Zufall war als faktische Planung, bezirzen ließ.

Das backsteinerne Bahnhofsgebäude zeigte vernagelte Fenster und einige Graffiti. Einst war es Zukunft, Puls des Lebens und Emanzipation gewesen. Heute war es toter Ballast von

Welten, die man aufgegeben hatte, auch wenn man die zurückgelassenen Leute ums Gegenteil belog. Und diese zumeist sich selbst auch.

Meine Eltern standen vor dem Bahnhof, schauten verwirrt. Längst hatten sie gemerkt, dass hier wohl keine Züge mehr fuhren. Die braune Korrosionsschicht der Gleise auf der Oberseite war nicht zu übersehen.

Als meine Mutter Mara und mich erkannte, lief sie auf uns zu.

„Mensch! Wir warten hier schon seit beinah 'ner halben Stunde! Hier fährt doch gar kein Zug mehr!" Ärger, Sorge, Traurigkeit gaben sich in ihrer Stimme die Klinke und reihten sich aneinander.

Ich seufzte tief. Schnell diese Peinlichkeit hinter mich bringen: „Ja, Muddi – entschuldige, bitte! Hab' mich getäuscht. Was missverstanden. Zum Glück wusste Mara bescheid und wir sind mi'm Auto gefahren!"

Mein Vadder war just nachgekommen und ließ es sich nicht nehmen das Offensichtliche erneut noch auszusprechen: „Jung! Wat is mid juuch? Wi töben all siet Stunnen hier up juuch!" Übertreibung natürlich inklusive.

Flüchtig wurden Mara und ich jetzt gedrückt, doch spannten sich alle auf meine Antwort. So einfach kam ich aus der Sache nicht raus.

„Heff wat verkiehrt läsen un missverstannen!", sagte ich zu meinem Vater.

Mara und meine Mutter verstanden natürlich Platt, aber benutzten es nicht, so bohrte meine Mutter sofort nach: „Was wieso missverstanden? Wieso erzählst du mir, ihr kommt mit dem

Zug? Im Internet steht doch sicher, dass hier gar keiner mehr fährt! Habt ihr euch nicht abgesprochen?" Ihre Augen funkelten.

Auch Maras, als sie auf Anwort wartete. Eine Antwort, die ich nicht sinnvoll geben konnte.

„Mhmm...", machte ich.

„Doch, wir haben uns abgesprochen! Sammy hat nur was ganz missverstanden" Ich war mir nicht sicher, ob Mara mir gerade als Beistand zur Hilfe kam oder mich messerte.

„Wat wollt ihr nu' hören?", ich ging in die Offensive, „Mara hatte das natürlich alles richtig gewusst und mir auch so vertellt, aber ich hab – ein Idiot wie ich bin – das vergessen, verwechselt. Wollte Zugfahren, weil ich jetzt fest davon ausgegangen war – Daher, Mama, hab' ich dir das am Telefon auch so gesagt.

Mara wusste es natürlich besser und hat uns gefahren! Ins Internet habe ich natürlich gar nicht mehr gekuckt!", spulte ich die dumme Geschichte runter.

Meine Mutter, die ihre Sorge sonst im letzten halben Jahr sehr locker vorne auf der Zunge getragen hatte, schwieg. Wieso *schwieg* sie?

Stattdessen fuhr mein Vater unbeirrbar ruhig dazwischen: „Na, Jung! Du kannst doch nich eenfach de Saaken verwesseln! Du büst doch nich dement in' Kopp binnen!?" Ich erkannte daran, dass er den Fachbegriff und nicht *mall* benutzte, dass er *zu* ruhig war, als dass er unbesorgt war.

„Es tut mir Leid, okay?" Zwar schrie ich nicht, aber die Lautstärke war eine andere, als ich es eigentlich gedacht hatte. „Sorry, hab was verwechselt. Ich weiß, dass Mara alles korrekt gemacht hatte – ich hab's falsch gemacht Ein Missverständnis! In meinem Kopf verwechselt. Liegt vielleicht an den Tabletten oder daran, dass ich per se keinen Plan habe, was ich so tue!"

Bis auf das Bellen war nichts zu hören.

Mara nickte mir vergebend zu, wenngleich ich die Missbilligung über meine Selbstbeschreibung an den krausen Fältchen bei ihrer Nasenwurzel erkennen konnte. Sie war einfach zu lieb. Doch die Stille blieb weiter.

„All di n fienen Burtsdag, Papa", raunte ich nun leise über die Dorfstraße meinem Vater zu.

Das Schweigen wurde noch drückender.

„Dank schön, mien Jung", anwortete mein Vater.

Auch Mara drückte meinen Vater. Er schaute aber nur versteinert und meine Mama sah traurig begossen aus.

Verdammte Scheiße. Es ist Sonnabend. Der (zweit-) schönste Tag der Woche und nun stehe ich hier mit den Menschen, die mir am nächsten sind und alles was an Emotionen rüberkommt ist Sorge, Enttäuschung und Tristesse.

Einmal mehr fiel mir der Möwentrick des Lowinchens ein. Scheiß drauf. Scheiß auf dieses ganze Gestelze, auf den Paternalismus, auf die Sorgen. Empathie gut und wichtigst. Aber ich war hier zur Stelle. Die Sorge würde vielleicht noch später gut aufgehoben sein – falls diese überhaupt mit dem Attribut *gut* zusammengehen konnten.

„Wir sollten zum Saal zurückgehen…", sagte ich über das Bellen knapp hörbar hinweg und fügte dann an meinen Papa direkt gewandt hinzu: „Diene Gäst töben säkerlich all up di!"

Damit drehte ich mich weg und stratzte zurück zur Hauptstraße. Die anderen drei folgten mir.

Die Schritte dröhnten mir schwer: mal auf dem Zuckersand, mal auf den krummgesunkenen Gehwegplatten, auf dem Asphalt, auf dem alten Kopfsteinpflaster, auf dem Schotter. Niemand sprach. Es war ein belastendes Gehen und eine solche Stille. Ein Bußgang. Sollte das nicht alles lustig und heiter sein? Einem Geburtstag angemessen? Ein Tänzeln zurück? Innerlich musste ich plötzlich lachen. Ein vorausgeschicktes, aber unterdrücktes Hüsteln verließ meinen Mund.

Das war so eine absurde Scheiße, dass es keinen Grund für diese verbeulte Demut gab! Ich war nun kein Atheist, doch fragwürdig kam mir ja auch das Steppen von Heinrich dem Vierten zu Gregor dem Siebten in die Bude von Mathilde vor! Hätte ich eine Rapcrew in Reggio nell'Emilia – ich würde sie zweifellos *Canossagang* nennen!

Wem war ich Demut denn schuldig, außer mir selbst und – eben als Nichtatheist – Gott? Stilsicher mich selbst vor der allerhöchsten Instanz genannt – das zeugt ja von einem reflektierten Umgang mit Demut...

Dennoch – so sehr ich Mara und meine Eltern liebte, ich war zu müde, zu alt geworden und zu krank, als dass ich immer den Kopf senken konnte.

Darum hob ich ihn leicht in der silagestinkenden Dorfluft und hüstelte mein Lachen. Bekam ja schon Nackenschmerzen davon...

Niemand bekam es mit, dass ich voraus zum Gasthof, in dem die Geburtstagsgesellschaft wartete, *tänzelte* statt bloß zu gehen. Die Pseudoschuld hinter mich lassend. Wenn wir ankommen würden, würde Vergebung alles beherrschen... Zumindest hoffte ich das. Aber was war noch groß zu verlieren?

Ich hüstelte weiter mein fehlgeborenes Lachen und die Sonne blitzte unbarmherzig ihr Licht über den Acker zu meiner Seite.

Kapitel 15 – Das niederdeutsche Triumvirat

Die Gäste standen im großen Garten des Gasthofs an weißbezogenen Stehtischen und tranken Saft, Sekt oder Bier.
Nahezu mit begeisterten Reaktionen mussten Tamara und ich Hände der Gäste schütteln. Meine Lebens-, oder eher Arbeitsgeschichte spulte ich in etwas über zehn Minuten sieben Mal ab.

In Beschlag, wie meine Eltern erneut genommen wurden, kamen sie gar nicht mehr dazu wütend oder enttäuscht oder traurig zu sein und mein Vater, mit seiner perfektionierten Arbeitshöflichkeit, war sofort ausgewechselt, um die Gastgeberrolle zu erfüllen.

Meine Mama schaute noch kurz leicht bedrückt, aber nun nicht meinetwegen, denn sie hatte ihr Handy in der Hand.

Mein Bruder würde erst in den Nachtstunden zur Feier kommen können. Einer seiner Züge war ausgefallen und aus dem Süden der Republik kommend, kam er nicht schneller die vielen Kilometer Richtung Küste.

Ich fühlte, wie meine Mutter ihre Ansprüche an diese selten gewordene Familienfestlichkeit ordnete. Aber sie war nicht zuletzt auch durch mich enttäuschungsgeübt und nach einigen Minuten unterstützte sie meinen Vater in seinem Tun.

Tamara trank Sekt, ich trank Orangensaft. Ich ließ den Blick schweifen. Hinter den Hecken des Gartens wanden sich Feldwege mit Bäumen zwischen den Äckern und von Ferne zogen wieder die Himmelsschlachtschiffe der Wolken heran. Noch harmlos hinter den fauchenden Rotorblättern der Windkraftanlagen, die auf den Feldern standen, doch bald regengebend. Auf der anderen Seite des Gartens konnte man nur die wechselnden Bäume des Mischwaldes erblicken.

Die Stimmung verschwamm sich lösend. Bald hörte ich meinen Vater sein fröhliches Seerobbenlachen aus tiefster Brust erschallen lassen. Ein Lachen, das ich lange nicht mehr gehört hatte in Zeiten von fortgezogenen Söhnen, seltenen Telefonaten und Hiobsbotschaften.

Meine Mutter konnte auch schon wieder einigen Storys und Anekdötchen lauschen und höflich grinsen. Ihr Handy war in der Tasche verschwunden. Mara hatte mit einer Freundin meiner Mutter ein Gespräch begonnen, da beide denselben Beruf ausübten. Der Altersunterschied von circa 30 Jahren war da egal.

Ich ging, Vaterkind das ich war, meinem Papa entgegen. Er stand seinem eigenen Bruder: Onkel Hermann (der es wenigstens zur Party geschafft hatte), sowie einem alten Freund: Onkel Jenn (natürlich nicht mein leiblicher Onkel und natürlich hieß er wirklich *Jens*, aber seit ich mich erinnere, war er eben *Onkel Jenn*), gegenüber. Onkel Hermann war der ältere Bruder meines Vaters, Onkel Jenn ungefähr gleich alt wie mein Papa – zusammenaddiert reichte das Alter der drei bequem über die zweihundert hinaus.

Besonders Hermann hatte seine Probleme mit dem Hochdeutschen, aber auch Jenn, der Zeit seines Lebens auf dem Dorfe verbracht hatte und noch immer dort seine Realität besaß, merkte man die Erleichterung von den Augen abfallend an, wenn ins Plattdeutsche gecodeswitcht wurde. Mein Papa, mit fortgezogener Studienzeit an einer sozialistischen Großstadtuni, tat sich da schon schwerer, aber doch war das Norddeutsche ihm auch nie entwöhnt. Und durch mich hatte er ja auch immer einen halbwegs stringenten plattdeutschen Telefonpartner.

Da standen also diese drei Männer und schnackten, dass es alleine ein Fest war.

In einer Welt voller Optimierungen und Zukunftsängsten war mir das plattdeutsche Gesabbel ein Labsal. Hier wurde noch die belangloseste Nachricht zu einem humorvollen Satz mit Unterhaltungswert. Nicht immer ganz korrekt, aber korrekt war die Oberflächlichkeit, mit der ich in Mails kämpfte, auch nie wirklich. Ich war stolz auf mein fließendes Englisch mit praktischer Eloquenz und gar einem Pappmaché-Britischakzent, aber stolz war ich auch, Niederdeutsch in jedes Gespräch werfen zu können – was immer ein Joker war! Selbst wenn es ein nutzloser war...

Indes: Optimierungen hatten Jenn, Hermann und mein Vater auch viele erfahren müssen. Eine gar unsinniger als die andere, doch der Unterschied lag in der Initiative dieser. Das ZK und die Planwirtschaft waren nur jetzt in die Köpfe der Karrieristen gezogen.

Nee, die Dorfschnackzeit im Realsozialismus war nicht besser – nie gewesen. Doch man tauschte bloß die Zwingen. Ich war dabei aber nur voller Sehnsucht nach Ruhe.

„Mösst du di mol vörstellen, dat he de hehle Acker för ne Buddel Köm verklungelt hett!", sagte Hermann.

„N Suffkopp is he all jümmers wäst!", ergänzte mein Vater.

„Ward hei sick in' Nors bieten... Up disse Hektars harrn se em düchtig poor Windräders hennstöllen künnt! Nu geiht he leddig ut!", schloss Jenn das Offensichtliche.

Es ging um einen den dreien bekannten Mann, der einen schlechten Deal mit seinem Grundbesitz getätigt hatte, was die Energiewende anging, bei der Möglichkeit an Windkraftanlagen mitzuverdienen.

„Lang läbt he sowieso nich miehr, wenn hei so supen deiht", vervollständigte Jenn sich selbst. Irre, dass man in der unkodifizierten und unnormierten Sprache selbst die Ausspracheunterschiede des Niederdeutschen zwischen Jenn und meinem Vater und Onkel hörte, obwohl sein Dorf keine zwanzig Kilometer vom Wohnort der anderen Männer entfernt war.

„Dammig Windrä'! Doar schieten's uns all mit tau! Wohenn föhrt dat? Führ mol ruter un kiek di dat an! Doar stahn denn Möhlen as Kippenstumpen in Aschebäker von Helmut Schmidt! Un inne Nacht glimmen de all noch so!", sagte Hermann weiter.

Alle lachten.

„De bugen's doch ahnhenn blot, üm Geld doarmid tau verdingen." Mein Vater.

Zustimmendes Gemurmel.

„Schallen se denn för di leiwer n AKW doar upn Acker basteln?", mischte ich mich ein, meinen Papa konternd.

Ich wusste, dass er selbst Ökostrom bezog und sonst auch auf die Umwelt achtete, aber Populismus und Bürokratie funktionierten eben nach eigenen Regeln. Mitunter auch zurecht, dass man darüber wütend wurde.

Die älteren Männer drehten sich nach mir um. Jenn und Hermann wägten ab, ob mir ein Mitschnacken überhaupt zuzutrauen war. Beide waren immer sehr herzlich zu mir gewesen, aber für etwas so Brisantes erschien ich wohl zu jung. Und für Platt sowieso.

„Ja, nee – Jung! Ick bün ok för Windkraft, awerst doch nich so!", umriss mein Vater.

„Wieans *so*? Dat man de Windmöhlen denn ok buugt, orrer wat?", fragte ich zynisch.

Es folgte zwischen uns Vieren ein kurzes Argumentieren über die Wirrungen der EU und über Subventionspolitik in Deutschland.

„Na, möt man wull verstahn! Du büst da ja ok ut ne anner Generatschion", sagte Jenn nun direkt zu mir versöhnlich und bot mir das Niederdeutsche unmittelbar damit an.

„Ja, awerst de för't Klima kämpen sünd all ok ut ne anner! Doargägen bün ick ok olt", ergänzte ich. Alle drei lachten, obwohl es nur wahr statt witzig war.

„Ick bün binah dreefack so olt as du!" Das war Hermann. Und weiter: „Du büst doch noch nich olt! Du hesst doch noch dien Läben för di!"

Unangenehme Stille und Tristesse krochen herbei. Ich sah das anders. Mein Vater noch aus einem dritten Winkel. Er stimmte zu, aber wusste doch, was alles bei mir im Argen lag.

„Na, wenn dat so is, künnt ick ja ok de Winrä' öwernähmen, wa? Dann brukt ick nich miehr arbeiden!", versuchte ich es mit einem sehr schlechten Scherz, der trotzdem wieder etwas für

Lächeln sorgte. In Wahrheit war auch dies nicht mal ein Scherz – gerne wäre ich moralisch bedenklich Nutznießer des EU-Subventions-Kosmos geworden, damit mich alle in Ruhe ließen.

„Un wieans löppt dat bi di, in de Grotstadt?", fragte jetzt Jenn, das Thema wechselnd.

Smalltalk.

Mein Vater hob alarmiert die Augenbrauen, sagte aber nix.

„Wat arbeidst du no' ma?", warf mein leiblicher Onkel seine Frage mit hinein.

„Ick bün Redakteur", anwortete ich, „Ja, wieans schall't lopen? De Stadt is nice, jümmers wat Nieges. Awerst süss gahn di ok väle up de Nervens."

„Un wat mokst du doar so as Redakteur?" Jenn.

„Joah, Innerviews un so n Schiet. Schriff Artikels."

„För ne Zeitung, orrer wo?" Hermann.

„Nee, för dat Innernet."

Meine Antwort brach sofort das Interesse oder auch nur die Vortäuschung desselben. Die Digitalwelt war allen drei fremd und unbeliebt. Mein Vater hatte noch einen geringen Zugang dazu, Jenn als Dorfmensch alleine aus logistischen Gründen nicht und Hermann war zu alt *för dissen Schiet*.

„Na, du mößt ja bannig stolt up dien Söhn sien!", band Hermann jetzt seinen Bruder wieder mehr ins Gespräch ein.

Eine stille Spannung legte sich über das Gesicht meines Vaters. Er hatte wenig Ahnung, was ich überhaupt beruflich so machte und manchmal fragte ich mich, wann und wo wir den Kontakt über unsere Leben verloren hatten. Wahrscheinlich schon, als ich zum Studium fortzog. Aber man muss wohl auch den Alltagskontakt zueinander verlieren, um eine eigene Realität der Tage aufbauen zu können.

„Ja, na säkerlich!", antwortete mein Papa.

„Un denn kann hei ok noch so fien Platt!", warf Jenn nach. Es sollte anerkennend sein, doch wie so oft gut gemeint: eher schlecht gemacht im Paternalismus.

„Un denn warrst du in poor Johren de Chef von dat Ganze?", fragte Hermann.

Die Vorstellung ängstigte mich erschreckend, just. Carins Platz in dem separierten Büro einnehmen? Koordinieren, welche Scheiße wie wo ins Netz kam? In zehn, fünfzehn Jahren noch immer in der Medienbude hocken? Nee! Ausgeschlossen! Zumal, wenn dann jemand gute Chance hatte den Laden zu übernehmen, war es Schusser. Konnte Pascal doch schön mit seiner Lederjacke im eigenen Büro rumknarren!

Ich hoffte bis dahin längst etwas anderes zu machen... Nur was?

„Tschaaaaa... Nee... Dat will ick nu nich so...", machte ich zu Hermann.

„Worüm? Verdeinst gaudes Geld?" Jenn.

„Nee, gaudes Geld is doar ahnhenn nich so tau verdingen!"

„Awerst du hesst doch studiert un so!", hakte Jenn nach.

Ohne es gleichsam blasiert zu meinen, war ich gerührt von solchem Arbeitswertvorstellungsanachronismus.

„Ja, awerst dat hett doch nix tau bedüden, hütigendaags."

„Jenn, weitst doch wo leech dat is!", ergänzte mein Vater und seine Geburtstagsaugen spiegelten traurig.

„Jo Minsch! Dat is awerst nich schön! Wie de jungen Lüü' doar behannelt warrn!"

„Dat harr dat tau DDR-Tieden nich gäben!", lieferte Hermann den Kommentar, auf den ich schon die ganze Zeit gewartet hatte. Merkwürdig, dass er so erwartbar kam, obwohl ich schätzte, dass alle drei eine oppositionelle Meinung zur DDR hatten.

„Lot ji dat mol gaud sien! Inner DDR harr dat ja goar keen Innernet gäwen för miene Onlineartikels! Orrer wenn, würr dat man blot *Stasi-VZ* un *SED-Book*, dat Bonzenparteibauk online, gäwen..." Der nächste grottige Witz. Es wurde trotzdem schon wieder gelacht.

„Na, ick will hüt nich miehr jung sien!", schloss Hermann, der als Kind SA-Stiefel über das Kopfsteinpflaster der Kleinstadt hatte knallen gehört, das Thema. Davon ab, dass ich nicht mehr jung war. Aber so ist das mit der Jugenderinnerung: Die schrecklichste Erinnerung, sofern sie nicht ganz traumatisch war, kann sich immer noch in Nostalgie schick anziehen, je mehr Zeit sie für die Kleiderwahl bekommt, je mehr Moden vergehen, derer sie sich bedienen kann.

Die Männers und ich gönnten sich jetzt Getränke. Mein Vater und Onkel Hermann ein erstes Bier, Jenn (der nicht trank – obwohl ich nicht wusste warum) und ich Orangensaft.

„Drinkst du goar nich Bier?" Hermann zu mir.

„Nee, nee! Ick will nich!"

„Du führst doch hüt nich miehr!" Hermann wusste nicht mal, dass ich gar keine Fleppen hatte.

„Nee, awerst gra' keen Bier nich!"

"Woso?"

"Ick bün taum Islam konvertiert", scherzte ich erneut, doch diesmal lachte niemand. Stattdessen blickte ich in blanke Gesichter der Alten.

Mein Vater wusste von meinen Tabletten und versuchte zu intervenieren: „Ach, he dummschnackt man. Jenn nähmt jo ok Saft. Wi künn naher noch einen tau Bost nähmen, Hermann."

Hermann schien noch immer nicht überzeugt, warum ein Anfang Dreißigjähriger auf einer Feier keinen Alkohol zu sich nahm, solange er nicht Auto fahren musste – denn dafür gab es keinen logischen Grund in seiner Welt – aber er war doch gutmütig und überhaupt machte er sich nicht zu viele unnötige Gedanken, so ließ er es schließlich dabei bewenden.

Das Gespräch holperte weiter und riss Themen mit sich um, wie Betrunkene Ware in Dekorationsgeschäften.

„Ick weit nu all gor nich miehr, woans de Woch blifft, siet ick nich miehr arbeiden dau, do!", sang Jenn.

Mein Vater, als einziger noch berufstätig im plattdeutschen Trio der älteren Herren: „Woso?"

„Ja, ierst mokst wat im Gorrn, dann hölpst de Nahwers, inköpen führen för de Woch möts ja ok noch, dann noch wat an't Hus moken. Mol blot Kies schippen, mol figgelinsch wat anne Elektrik tüddeln. Tau daun gifft jümmers wat! Jeden Dag de Köder un de Duben fäudern. Ein Dag wisst ok mol länger sitten am Namiddag und Kaffee drinken, taum Sport führ ick denn Ingrid noch un denn is ok all wedder de Woch tau En', wenn di noch wecke as Besäuk am Sünndag taum Kauken inlädst", erklärte Jenn.

„Ja, dat kenn ick wull!", pflichtete Hermann bei.

Klang nach einem harten, verbissenen Schicksal, dieses Los.

Und ich klagte über die Bürde der Existenz...

„Ward juuch nich langwielig?", fragte ich provokant.

Hermann und Jenn lachten: „Nee, äben nich'!"

„Is di up Arbeid langwielig?", fragte mich jetzt plötzlich mein Vater zurück.

„Nee, meestendeils nich. Oft weit ick gor nich, wo mi de Kopp orrer Mors steiht. Awerst up de anner Sied, gifft natürlich ok Dag, wo't wohrhaftig langwielig is, wenn irgendwat farig is un man töben möt, wo't wat Nieges tau daun gifft. Taum Schriewen un so."

„Sühst, Jung!", nagelte Jenn zielsicher, „Dann ward di tau Hus doch nich langwielig, wenn du doar ok jümmers wat tau daun hesst."

„Und Sammy, du hesst ja villicht tau Hus inne Wahnung nich so väl tau daun. Awerst wenn du ierst mol Hus un Hoff as Hüsung hesst, denn süht dat ganz anners mol ut!", ergänzte der ebenfalls Hausbesitzer Hermann, direkt an mich gewandt.

Ich warf einen Blick auf Mara, die irgendwo im Hintergrund noch immer klönte. Die Tage, die ich alleine nach der Klinik zu Hause verbracht hatte, waren nicht nur einfach gewesen – das *finstre Tal* hauchte mir eisig die Nackenhärchen auf, wenn ich daran dachte. Doch in der Mischung aus: ruhig machen, die Affenprosa beim blinkenden Genossen eintippen, musizieren, spazieren, mit gefurchter Stirn in den Himmel und die Zukunft blicken, waren die Tage meist immer sehr flott und angenehm beschäftigt vergangen. Ich erinnerte mich an meine Arbeitslosigkeit vor einigen Jahren. Es gab schreckliche Momente der

Nutzlosigkeit, des Überdrusses. Was war jetzt anders? Ich erklärte mir selbst, dass ich wohl in den wenigen Jahren Differenz veraltet, ja vergreist war.

Den pumpenden Herzruf, befeuert durch unsinnig viel Kaffee, bei vergessener Fahrigkeit in der Medienbude dagegen, bei der man oftmals vergaß, was man nicht vergessen durfte und die Aufgaben, die sich zu einer Karambolage im Hirn verfahren hatten... Das war viel... vielleicht zu viel. Gesund war es sicher nicht und wahrscheinlich war es auch nicht einmal sinnig, von einer Ökonomie der Arbeitsqualität her. Aber Qualität war ohnehin ein Wort, das lustig nach selbsteingeredeter Planerfüllung, -übererfüllung und Brigadiersgeschnacke für mich klang, oder vielleicht noch nach staubig-stolzer Ludwig-Ehrhard-Gedächtnis-Manier, die längst still verramscht worden war. Alles irgendwie peinlich.

„Joah, dat mag sien... Man blot kein Hüsung heff ick", antwortete ich Onkel Hermann und griente dabei anspielend, doch gelogen.

„Awerst du hesst ja ok noch dien Läben för di!", wiederholte Hermann.

Ich lachte hustend in meinen O-Saft. Mein Vater schaute missbilligend und traurig.

„Würr ick glatt noch mid di tuschen, Sammy, do! Üm noch mol so jung tau sien!", half Jenn nach – entgegen Hermanns Meinung. Beide Onkels wussten nichts von Depressionen, von Halluzinationen und ich glaube, auch Zukunftsängste hatten sie anders erlebt. Was nicht hieß, dass sie keine Ängste gehabt hatten – besonders Hermann im Krieg – und was auch nicht hieß, dass sie nicht Recht hatten.

„Ick bün ja nu ok all an En' von dat Läwen ankamen." Hermann.

Das luftige Plattdeutschgespräch war just düster geworden, ohne die Sprache zu verlassen. Nur das Klischee der Drolligkeit war verlassen worden.

Mein Papa, Hermann und Jenn schnackten unbeirrt weiter. Sie hatten den Themenwechsel nicht weiter beachtet, sondern einfach geführt, wie man eben spricht.

Schon folgte ein Witz wieder einem anderen, ein Dummschnack zog den nächsten herbei. Doch auch eine Lebenssituationsbeschreibung, ein Kommentar folgte dem anderen, ohne dass man hätte sagen können, einer wäre auf eine künstliche Bühne gestellt worden.

– „Möt man sick mol up de Tung vergahn loten!"

– „He hett dull n natten Helm up!"

– „Wieans ok, wenn de Buern alls von den EU seggt bekamen? Is klor, dat se doar voßig mid sünd! Awerst dat se sick dörteihn niege Treckers na de Wen' köfft harrn von de Subventschionsgellers, dat hemm se natürlich ok all wedder vergäten, do – Hermann! Nur de, de de LPG afwickelt hett, hett doar noch miehr n Reiback ut mokt!"

– „Jau, na dankscheun! Von Dankscheun heff ick all de ganze Böhn vull, do!"

– „Sei ward doch ehr Läbdag nich miehr sick freigen, mid de Söhn in disse Malür, för ümmer teiknet!"

– „De moken ok all wat se wullen un de Stüern warrn ok jümmers höger!"

201

– „Tschja, nee! Denn hett dat doar brennt, do! Is alls hehl af-brennt!"

– „Wieans de up disse Chaussee kamen sünd, weit ick ok nich... awerst warrn se schon sülben seihn, dat se nich in Paris rutkümmen, wenn se na Moskau führen, haha!"

– „Ick segg di dat so, blank inne Hand rinner, Jenn! In teihn Johr gifft de Partei ok nich miehr, orrer man blot up dat letzte Dörpfest för de Wohl taum Tüffelkönig!"

– „Weck Hus dat is, froggst du mi? Na dat, dat se all schon tau Adolfs Tieden doar inne Straat buugt hemm!"

– „Na, hei sall mi mol wedder öwer'n Hoff kamen! De wies ick noch woans de Döschflägel inne Schüün hängt!"

– „Ach, Harry!", (Harry war mein Vater), „Doar ward he awerst mid siene Klaag up de Kosten sitten bliewen, du! Gäw ick di Breif un Siegel för! De Katt schlöppt ok väl, nur wenn se jacht, warrd se ok all Müüs kriegen! Un de Düwel sätt sick twischen twei Afkaaten henn, wieldat de Tugend inne Midd sitten deiht! Sien Anwalt löt sick dat all fien betahlen un achter an seggt he sien Pardong un haugt af! Dat kannst wull glöwen!"

So in der Art walzte sich das Gespräch vorwärts. Nicht immer korrekt, doch mit viel Hirnschmalz gefettet und von einer eigenartigen eloquenten Brillanz.

Ich versuchte ab und an meine niederdeutschen Kommentare einzuwerfen, während ich mein leeres Saftglas warmhielt. Die Plattdeutschtroika von Harry, Hermann und Jenn war aber ohne mich so funktional, dass ich bloß von außen hineinrief. Umgekehrt wurde ich aber von ihr heraus angesprochen und antwortete artig und nicht ohne Stolz.

202

Die Herren und unter ihnen mein eigener Vater, der Geburtstagsvater, waren die Herrscher des Niederdeutschen hier heute in diesem bescheidenen Reiche. Plattkaiser. Ich, der Sohn eines mächtigen Mannes. Vielleicht würde ich eines Tages ja aufsteigen.

Plattdüütsch? Ok du mien Söhn, Sammy?

Die drei Männer vor mir lachten, sie diskutierten, stritten mitunter, sie informierten sich, sie tauschten sich aus, sie stellten fest. Vor allem aber herrschten sie. Ohne dass sie davon selbst zu große Notiz nahmen.

Das ging so lange so weit, bis meine Mutter zu meinem Vater kam: „Harry, du wir müssten so langsam mal mit dem Kaffee und dem Offiziellen beginnen! Kommt keiner weiter auch mehr!"

Mein Papa – noch eben die Wörter „Schietbüdel" und „heterogenkatalytisch" in einem Satz zusammen nutzend – nickte sofort ernst, lächelte dann und ging zur Kaffeetafel an einen Tisch im Garten, der vom Personal aufgedeckt worden war.

Kapitel 16 – Wegsacken

Meine Mutti schien von gefasster Traurigkeit, dass ihr anderer Sohn nicht mehr rechtzeitig zur Feier kommen würde. Ich wollte es wettmachen. Es gutmachen. Ich hatte mich so schön auf diesen Geburtstag vorbereitet.

Beide meine Eltern hatten ein gutes Fest, eine würdige Erinnerung verdient.

Ich wischte den Handschweiß an meiner schwarzen Hose ab. Das Orangensaftglas hatte ich kurz in den Rasen gestellt. Kondenswasser rann am Beschlag des Glases nieder.

Die Rede meines Vater war fröhlich, kurz, schmerzlos. Im Grunde waren es bloß drei, vier Sätze. Mein Vater war in der Öffentlichkeit noch nie ein Mann der vielen Worte gewesen.

Dann wurde die Kaffeetafel eröffnet.

Unter einem Zeltpavillon standen Klapptische mit Kuchen, Keksen, Tassen, Säften und Kannen.

Tamara tat sich vor mir russischen Zupfkuchen auf. Ich hielt mich schlicht an Kaffee. Sammy Schokelmai.

Mir war ohnehin schlecht vor Aufregung, sahnige Torte war da jetzt keine gute Idee.

Nach dem Kuchen sollte es das offizielle Programm und die Geschenküberreichungen geben.

Meine Familie war noch nie profiambitioniert in Festlichkeiten gewesen und daher gab es keine ausgefeilte Kulturdarbietung, wie Schauspielereien. Lediglich mein Onkel und zwei andere

Gäste sagten auch ein paar Worte. Auf lehrreiche rhetorische Exempel wurde verzichtet.

Eigentlich war mein Lied für den Geburtstagspapa das einzige wirklich kulturelle Programm.

Angst schnürte mir die Kehle und Schweiß kroch an mir hoch. Ich spielte nicht das erste Mal vor Publikum und hatte schon größere Menschengruppen bespielt. Warum jetzt dieses Unbehagen? Es half alles nichts. Als meine Mutter zu mir kam: „Sammy, du spielst nach der Rede, alles klar?", nickte ich beklommen weiß-gesichtig.

Meine Gitarrentasche lag in einem Seitenraum des gartenangrenzenden Saals.

Mara griff kurz meinen Arm, als ich mich schon gedreht hatte: „Sammy, alles okay, ja?"

Noch ein bleiches Nicken, das sicher nicht die Wahrheit sprach.

Schnell waren meine Füße über dem Rasen. Seitenraum, Klampfe in Tasche an der Wand. Ich holte die alte Freundin raus, ein Plektron dazu. Wir waren ein gutes, routiniertes Team. Kurz noch stimmen. Mein Handy zeigte mir, dass die Fahrt und deren Temperaturunterschiede die erste Saite der Gitarre nicht zu stark von den kammertonlich referenzierten zweiundachtzig Komma vier Hertz fortgebracht hatte. Ich zog oder löste die anderen fünf Saiten noch in die Stimmung, davon ausgehend, und griff einen Akkord. Das Instrument arpeggierte schnurrend.

Ich kann das! Ich spiele für meinen Vater! Er hat Geburtstag!
Und ich spiele gut!
Übergehängt das Eisen, Plek in Daumen und Zeigefinger,
rechts und auf geht's – AHRGH! *WAS IST DAS?*
Im Umdrehen strahlte von draußen durch das Fenster wie eine
Halogenlampe das Grün des Gartens herein. Ein Wahnsinn!
Augen zusammenkneifen und durch jetzt. Aus dem Neben-
raum raus. Durch den Saal kurz, Terrassentür, Stufen zum
Garten runter.
Da stehen alle und lauschen. Mir den Rücken zugewandt. Vor-
ne schnackt noch wer. Wer ist das eigentlich nochma'?
Da, Muddern winkt schon. Gerade wohl fertig die Rede.
Und jetzt durch die Reihen. Ich sehe dich, Mara! Wie du
schaust. Du hast diesen Zirkus gar nicht verdient. Also das Fei-
ern schon – nicht aber all das Drumherum.
Mann, wie das Gras grün aus der Erde glüht!
Und umdrehen! Da sind sie also alle. Die ganze Festgesell-
schaft. Und da vorne steht mein Papa. Für dich spiele ich! Augen schließen jetzt bloß. Macht als Musiker ohnehin immer einen passionierten Eindruck, hilft aber vor allem, dieses
Leuchtinferno auszublenden! *Ahh!*

Und dann beginnen wieder die Synkopen rechts. Da sind die
linkshändigen Melodiefetzten. Schön zusammennähen. Breite
Bögen weben, jetzt wird ein Musikteppich draus!
Die Harmonien schön aufbauen, hab ich doch alles mal ge-
lernt. Septimenakkorde, auch ein verminderter und so weiter.
Luft saust in die Lungen. Jetzt wird gesungen!

Dabei, dafür, für immer. Musik mit Gesang ist immer ein eigenes Reich in der Welt der Klänge. Ich glaube wahrhaftig, dass der Grund der seit Jahrtausenden nachwirkenden Zauberkraft der Musik als Kulturgut nur deshalb noch immer so gut funktioniert, weil der Gesang es vermag, das Alltägliche des Sprechens, den Akt der Kommunikation, so direkt in ein Kunstwerk zu hüllen.

Meine Stimmbänder zitterten. Nicht bloß im Tremolo der Melodie, die ich jetzt sang, sondern auch vor Aufregung! Gleich kommen wieder die gefährlichen Sprünge zur Sonne nach oben! Erst noch hier gerade auf den Takt die Noten setzen. Die Luft keucht: atmen, singen, atmen!

Die linke Hand jetzt etwas hohler, die Daumenzwinge kontert, das ist jeden Krampf wert, denn die komplizierten Akkorde dürfen nicht klirren wie Bierflaschen im Rucksack bei einer Klassenfahrt.

Da sind die Hüpfer, ich strecke mich wie ein Stabhochspringer. Ein Sprung, noch einer. Noch einer, ein höherer, und zwei Mal nachhoppeln. Bridge gehört hier auch hin. Der Refrain kam grad super! Ja, das läuft doch! Text ist auch sortiert im Kopf.

Das zieh ich durch hier! Noch immer schön die Augen zu – von draußen brennt die Sonne. Will sich durch die Lider stemmen, während ich das Lied stemme. Ich lasse mich hier nicht beirren. Zweite Strophe schon weg.

Und wieder Refrain – das läuft doch! Okay und jetzt das Interludium – Gitarrensolosubstitut! Was will man auch machen, wenn man nur alleine spielt, nicht wahr? Läuft doch! Achso, ja und hier am Schluss kommt ja noch mal der Refrain! Doch! Beinahe vergessen, aber da ist er jetzt noch – die Hand greift ja auch von alleine den korrekten Akkord. Läuft! Den Abschlussgesang fein stützen! Dann jetzt das Outro! Wieder ruhig die einzelnen Töne zusammenbinden, dann die Akkorde der letzten Kadenz noch klingelnd, aufbrechend anstreicheln mit dem Plektron... Etwas langsamer werden... noch ein bisschen... und... da...

Das war's.

Ich senkte den Kopf mit den geschlossenen Augen und die Linke. Konnte ich es jetzt wagen die Augen wieder zu öffnen?

Verhalten klapperte da Applaus heran. Etwas mehr, schwoll es an, nach einigen Sekunden. Ich öffnete die Augen. Grünes Feuer brannte vom Boden aus zu mir in meinen Blick hoch. Unerträglich. Der Applaus schraubte sich weiter, höher, länger auf. Säuselnde Brandung. Doch noch immer glaubte ich, mehr Scham als Begeisterung aus den Klatschern zu vernehmen.

Ich deutete eine Verbeugung an, ging strikt zurück in das Haus, den Blick auf den Boden geheftet. Zärtlich strich ich über die Gitarre, stellte sie zurück in die angelehnte, offene Tasche.

Erst jetzt sah ich wieder auf.

Die weißgetünchten Wände gleißten. Tränen stiegen mir in die Sicht. Warum? Warum diese Helligkeit? Warum? Warum dieser verschämte Applaus? Ich hatte doch sehr solide gespielt?

Die Tränen ließen mein Blickfeld verschwimmen.

Zitternd wischte ich mit dem Handrücken über meine Augen.

Da fiel meine Gitarre mit einem dumpfen Klirren an der Wand um. Scheiße! Hatte ich sie nicht richtig angelehnt?

Ich war mit einem Satz beim Instrument, hockte mich herab –

„Sammy?"

In Entengangstellung wirbelte ich rum.

„Mara!"

„Hey!", ihre Stimme war leise und belegt, „Alles okay? Was machst du da unten?"

„Meine Klampfe ist umgekippt, wollte sie aufheben und kucken, ob nichts kaputt gegangen ist."

Mara verstummte. Ich war verwirrt. Warum sagte sie nichts mehr? Wie gebannt starrte sie mich an, oder genauer die Wand, wo noch eben meine Gitarre in ihrer Tasche angelehnt hatte. Erneut fingen meine Augen an zu tränen. Ich rotierte langsam gehockt zurück zur Wand. Da stand die Gitarrentasche angelehnt und aufrecht, so wie ich sie hingestellt hatte, nachdem ich das Instrument wieder verstaut hatte. Aber ich hatte die Tasche doch gar nicht wieder berührt…? Um… sie… aufzustellen…

Erschrocken hievte ich mich hoch. Zittern, verschwimmender Blick zum fallenden Kreislauf.

Mara fasste mich an den Schultern, drehte mich langsam zu sich um. Schöner Brummkreisel war ich. Mürrisch war ich ja schon.

„Die Gitarre steht dort."

Meine Dämme des Widerstandes barsten: „Ich hab' gesehen, wie sie umgekippt ist, sogar das Scheppern der Saiten gehört!" Da zitterte schon meine Lippe.

Statt eines großen Dramas, schloss mich Mara einfach nur in den Arm.

Ich krampfte in ihrem Griff.

Da war's wieder. Aber was hilft das Kämpfen? Was das Leugnen? Ich musste akzeptieren, dass die hohe Vertrauensbasis des Sehens für mich nicht mehr zuverlässig war. Das war schrecklich, doch es gab keine andere Möglichkeit, um in Sicherheit zu gehen.

„Wie habe ich gespielt?", fragte ich schließlich nach vielleicht vier Minuten Schweigen.

Ich hatte mich etwas beruhigt, doch ruhig blieb auch Mara jetzt.

Etwas war hier nicht in Ordnung.

Ich schob mich zurück, entwand mich ihren Armen: „Wat is'?"

„Nun... du hast schon mal... sicherer gespielt... Lag wohl an der Aufregung... Nich' schlimm, Sammy!"

„Wie? Mal sicherer gespielt? Ich hab' mich ja nu' nich' verspielt jetzt oder irgendwat! Ich hab' das durchgezogen, ohne Verspieler!"

Maras Gesicht fing an grell zu leuchten in meinen geplagten Augen, allerdings nicht vor Schamesröte, sondern bleich und traurig.

„Du hast total off Key gesungen!" flüsterte Mara und ich sah, wie es ihr wehtat mir das zu sagen.

„Off Key?" Stammeln.

„Schief, als ob du an eine andere Tonart gedacht–"

„Ich weiß was das heißt, verdammt!"

Das Zimmer leuchtete, als wir beide still waren.

„Noch was?"

Ich spürte den Widerstand, das Ringen in Mara. Doch sie antwortete aus moralischem Drang zur Wahrheit: „Naja... An der Gitarre waren schon einiges Klirren und sicher auch der ein oder andere falsche Akkord mit dabei."

War das noch vom Regen in die Traufe, oder doch eher in einen reißenden Fluss voller Stromschnellen gefallen zu sein? Ich nickte traurig. Meine Wahrnehmung war nichts mehr. Ich wusste es schon, ich hatte genug Warnungen gehabt. Ich musste das akzeptieren.

„Sammy, wir müssen rausgehen. Dein Vater packt jetzt Geschenke aus und nimmt Glückwünsche entgegen."

Ich nickte. Resigniert. Tamara hatte wie immer Recht.

Draußen glühte die Welt wie das Innere eines Stahlofens. Ich kramte im Gehen meine Sonnenbrille aus der Tasche. Alles scheißegal jetzt, dann lief ich eben rum wie ein Mafioso. Hätte ich mal beim Spielen dies als Roy-Orbison-Gedächtnis-Move verkauft. Wir passten eh gut zusammen...

„Jung, dat wier awerst schön, wieans du spält hesst! Ick dank di!", sagte mein Vater mich umarmend, als wir zu ihm zurück gegangen waren. Ich merkte die Lüge in seiner Intonation fast nicht. *Fast.* Mein Vater war viel zu musikalisch, als dass er nicht hörte, dass ich – offensichtlich – schlecht abgeliefert hatte.

„Dank di, Vadding", stammelte ich und niemand sah meine traurig halb zufallenden Augen der Selbsttäuschung hinter den Sonnenbrillengläsern.

„Wir haben natürlich auch noch was für dich, Harry!", sagte Mara zu ihm und zog den braunen Umschlag mit den Bowie-Musical-Karten aus ihrer Handtasche.

„Oh, so n grotes brunes Kuvert?!"

Mein Vater öffnete die Klebelasche und sah in den Umschlag:
„Nanu? Nix in?"

„Was?" Mara machte große Augen.

„Kann nich' sein!", stammelte ich ins Hochdeutsch fallend.

Ich nahm meinem Vater das braune Packpapierding aus den Händen, spreizte es auf.

Tatsächlich leer. Höhnisch schaute mir die Maserung des recycleten Papiers entgegen und sonst nichts.

„Sammy, wat is? Wo sind die Karten?" Mara weinte jetzt tatsächlich.

„Ich... Du... hattest doch die Karten in deiner Tasche? Diese bunten und so? Du hattest die doch extra besorgt?", stammelte ich.

Mara schluchtzte, schüttelte den Kopf: „Du hast die Karten besorgt, als du krank warst!"

„Ist doch nicht schlimm – kein Problem!", versuchte es mein Vater beschwichtigend – auch auf Hochdeutsch. Ein Zeichen, wie ernst es war.

„Nein!" Mara hauchte, obwohl es Hysterie hätte sein können.

„Gifft ji mi de Korrn n annern mol!", setzte mein Vaddi nach – zum Entschärfen.

Die Gäste rundherum schauten von betreten bis geschockt auf uns. Auf die weinende Tamara, auf meine peinlich berührten Eltern – besonders auf das Geburtstagskind – und auf den bedröppelt dastehenden Sammy Rall.

Da fiel es mir ein, dass ein weißes, kleines Kuvert einst in dem großen, braunen steckte. Wo war das? Wo waren die bunten Karten, die ich bei Mara gesehen hatte?

Kalter Schweiß schoss mir auf die Stirn. Die Welt strahlte wie die Sonne, als mir in dem immer weißer werdenden Blickfeld vor meinem inneren Auge plötzlich folgendes Bild kam: *Ich stehe auf Svennis Geburtstagsfeierei und gebe ihm ein kleines weißes Kuvert mit Konzertkarten. Beziehungsweise mit einem Gutschein für selbige.*

Es war wie ein Punkt, an dem das Wasser genug das Fundament gehöhlt hatte und die Stützen nachgaben und wegsackten. Endlich! Endlich?

Ich, Samuel Rall, brach. Die Statik meines Lebens gab nach. Es gibt Gegebenheiten, die kein Geist, der die Bürde der Erziehung mit sich trägt, zu verkraften vermag. Wohl überhaupt kein Geist kann dies.

War das Fundament bereits unterspült worden durch die verschluckend-dämpfende Ummantelung der Depression und nur noch weiter getrieben worden durch die dünnende Häutung durch die folgenden Tabletten – das Urteil über meine eigene Unzuverlässigkeit der Sinne und wie sich die düstere Prophezeiung bewahrheitet hatte, gab den Rest schlüssig hinzu.

Ich fiel. Ich sackte zusammen, wortwörtlich. Und alles um mich herum strahlte. Unerträglich. War da nicht doch die Düsternis besser gewesen?

Und ob ich schon wanderte im finstern Tal, fürchte ich kein Unglück; nein, ich *sehnte* mich *nach* dem finsteren Tal, wo ich doch in Ruhe meinen Weg wandern wollte.

Kapitel 17 – Dunkel am Ende des Lichts

Ich spürte, wie mich Arme hochzogen. Doch spürte ich nicht, welche. War der Griff jetzt stark? Er war stark genug, mich Abgemagerten zu stemmen.

„Sammy! SAMMY!", hörte ich es von Ferne hallen. Verschwommen, wabernd. Keine Ahnung, wessen Stimme das war.

Alles glühte, doch meine Sicht zog langsam wieder Konturen nach. Dabei blieb es jedoch. Jede Fläche sah ich scharf umzogen, doch strahlend wie das Herz des Sterns.

Ich war gefallen. Ich war gestürzt. Ikarusstyle. Mir war hoch geholfen worden. Ich war hochgezogen worden. Jedoch: ich war nicht wieder aufgestanden. Schon gar nicht aus eigener Kraft. Zitternd versuchte ich die Gesichter um mich zu erkennen. Nur grelle Schemen wandten sich mir zu und schienen auf mich einzureden. Die hellen Gesichtsflächen: Wangen, Stirn stachen blendend auf mich ein, das unbarmherzige Licht auf der glatten und hellen Haut reflektierend.

In Wahrheit lag ich doch noch. Gestürzt aus den Höhen des Vertrauens. Einerseits des Vertrauens meiner Mitmenschen in mich, andererseits des Vertrauens in mich selbst und den Kosmos, worin ich glaubte zu leben. Die Schonung, die ich noch erfahren hatte, hatte nicht geholfen ein Mindestmaß an Hilfe zu leisten. Ich hatte einfach versagt. Nie hatte ich das gewollt.

Es gab so keine Heilung mehr. Es gab nur noch Helligkeit.

„SAMMY!"

Tut mir Leid, wabernde Stimme… Ich stehe nicht mehr zur Verfügung. Ich habe es versucht, wirklich. Mit all meiner Kraft wollte ich da sein. Aber das hat nicht geklappt! Tut mir Leid…

„SAMMY!!!", rief die Stimme wieder oszillierend.

Ich drehte meine Arme. Die Hände, die ich spürte, dass sie mich stützen, verloren ihren Griff.

„Ja, ja… tut mir Leid… wollt' ich nich'… is' so aber passiert!", stammelte ich und es klang wie durch zwanzig Decken aus Alpakawolle.

Mein Blick war wieder da… Jedoch so rudimentär und verstrahlt, dass ich lediglich eine weißglühende Welt erblickte, in der die Strukturen, Konturen sich mal scharf, mal verschwimmend absetzten. DIY-Cell-Shading.

Genug mit dieser Brennscheiße! Genug mit diesem Versagen! Schwäche – schön und gut. Gerne ließ ich diese zu! Schwäche zuzulassen, war immer etwas, das Stärke gewinnen lassen konnte. Nur für nichts und niemanden mehr eine Verbindlichkeit darzustellen? Scheiße, nein! Ich musste aus diesem Halogenrampenlicht heraus. Ironisch für einen Künstler, nicht wahr? Meine Füße trugen mich. Nicht vielleicht wie sonst, aber gut genug. In erkannte noch den Wald zur einen Seite des Gartens.

„Tut mir Leid…", nuschelte ich ein letztes Mal, dann rannte ich los.

Der Waldessaum war ein gräulicher Aquarellfleck, der schnell größer wurde. Schon spürte ich die Zweige meine Wangen peitschen. Ich war alles andere als ein sportlicher Typ, aber im Sprinten konnte doch niemand der Anwesenden mich ernstlich einholen. Kaum unter dem Blätterdach, sah ich wieder schattierend Gegenstände. Konnte Bäume – vielmehr Stämme – und Unterholzhaufen erkennen. Die Bäume waren noch in der Vorbereitung ihrer Frühlingsphase, altes Laub lag durchgängig wie ein Teppich aus Erbrochenem auf dem Boden: Baumkotze. Baumkotze in grau und verblasstem Schmiergelb. Das Licht, das durch die noch halbkahlen Kronen rann, stach umso wütender, je mehr ich in den Schatten des Waldes eintauchte. Das ist doch noch keine Erlösung hier! Immerhin: mit dem was ich sah, konnte ich weiterlaufen. Keine Pause, keine Ruhe, keine Wahrung der Vernunft in diesem Wahnsinn. In dieser Strafe. In diesem Schicksalsschlag. Meine Lungen füllten sich, blähten sich herrlich. Mir kam es vor, als hätte ich schon lange nicht mehr durchgeatmet.

Zwei Mal stolperte ich über Totholz, stürzte lang in die Laubdecke hin. Sofort aber stand ich wieder und sprintete weiter in das graufestigende Zentrum des Waldes. Fort von den glühenden Schwertern, in die Ruhe und die erlösende Dunkelheit. Das sachte austretende Blut, das an meiner linken Wange etwas und an meinen beiden Ellenbogen stärker die Haut streichelte, bemerkte ich nicht. Empfindungen hatten mich ja eh im Stich gelassen.

Endlich ergab es Sinn zu rennen. Endlich ergab es Sinn zu fliehen.
Ich rannte. Ich floh.

Vögel sangen von den Zweigen wieder runter, der Wald wollte seine schönste Seite zeigen, aber ich hörte noch immer wie vom anderen Ende eines Tunnels die Tiere rufen. Die ersten Grünschichten waren überblendet von den einfallenden Strahlen und ich hatte auch sonst keine Zeit stehenzubleiben, um sie zu betrachten.

Es zählte nur das Fortkommen. Ich musste fort. Fort von all der Enttäuschung, derer ich nicht mal einen wirklichen Schuldigen zuweisen konnte. Am ehesten mich selbst, aber das wäre wohl nicht in Frau Lowags Sinne gewesen. Sie hatte viel mit mir gearbeitet, dass ich mein Selbstbild endlich etwas positiver fassen sollte.

Diese ganze Scheiße war ein unglücklicher Schicksalsschlag – das war das dumme Wort, welches ich neuerdings gebrauchte und das nichts sagte außer Selbstmitleid, oder?

Ich konnte aber auch nicht Schuld sein! Dann wäre die Arbeit Frau Lowags mit mir doch vergeblich gewesen!

Sei's drum! Dieser Wald war die erste andeutende Ruhe für meine Augen, meine verbrühten Sehnerven, sodass ich bereit war, dieser Ruhe nachzujagen.

Ich hörte keine Rufe von der Feier mehr. Ich hörte nur klirrend im Brechen des Schalls die Vögel singen und die Bäume rauschen.

Als ich ein drittes Mal stolperte, das schmierige Laub ausspuckte, roch ich die Tiefe, Weite und Ruhe des Bodens. Die Erde strömte aus, was nicht zu begreifen war: die Akzeptanz all dieser Aneinanderreihung von Zufällen. Die Beliebigkeit und Austauschbarkeit. All das erzählte die Erde. Sie erzählte es erst in meinem gottgegebenen Verstand. Sie selbst flüsterte nur leise, verschmitzt grinsend. Nur die Fakten.

Ich dachte den Rest selbst. Und Gott, oder wer auch immer, hatte genau dieses Lächeln auch gerne angelegt in seiner oder ihrer Schöpfung oder Zufälligkeit.

Danke! Aber ich muss weiter.

Ich drehte mich um. Auf dem Rücken liegend sah ich einen Moment in die Kronen der Bäume. Zumindest das war es, was ich sah. Zwar pulsierte der Himmel immer mal wieder schrecklich auf, aber war sonst einem schmutzigen Grau gewichen. Das war etwas erträglicher als vorher (alles war erträglicher als vorher)!

Vor dem Himmelsgrau schwoften gemütlich die sich ankleidenden Baumarme.

Keine bizarren Blitze vor einer Theaterkulisse, kein Stroboskop im Technokeller, sondern leiser Standard beim Kaffeeklimpern.

Danke! Ja, ich muss weiter. Weiter ins Dunkel!

Ich war auf dem richtigen Weg!

Ich rappelte mich auf. Je höher ich stehend kam, desto heller blendeten wieder die Strahlen. Ich drehte mich erneut um, wieder von der Feier weg.

Weiter geht's!

Der Wald war größer als man es erwarten könnte. Aber ich erwartete ohnehin nichts mehr. Ich hatte nichts mehr erwartet, seit ich losgelaufen war.

Dort hinten, tief im Inneren des Waldes, da war es ruhiger, dunkler, behaglicher. Dort wollte ich sein.

Meine Lungen blähten sich wie Segel im Fahrtwind; das sich freudig heimwärts wendende Schiff. Ich hörte die Vögel, das Baumflüstern, das Knacken der Zweige und das Rascheln des Laubes unter meinen Füßen.

Der Wald war dichter geworden und dunkler, da jetzt weniger Laubbäume standen. Die Mehrheit der ewig dunkelgrünen Nadeln sog angenehm das Licht aus der Welt. Wie schwere Vorhänge, die sich langsam vor das Fenster der Welt zogen, wurde das Gehölz immer dunkler, immer beruhigender für mich.

Das Fundament war gespült, war weggesackt und meine Augen waren geblendet einerseits, gebrochen andererseits, was die Rationalität anging.

Frau Lowag hatte doch noch gesagt, ich möge das Wochenende für mein Training angehen. Training gegen Depressionen; Training gegen Zukunftsängste; Training gegen Menschenscheu; Training gegen Sozialfurcht; Training gegen Verhärmung und Verachtung gegenüber der Gesellschaft, von der ich glaubte sie habe mich vorab aussortiert, was die Fakten natürlich nur vereinfacht wiedergab; Training gegen die falschen Bilder, die ich sah; Training gegen die falschen Gerüche, die ich einsog; Training gegen den Glauben, dass all unsere Wahrnehmungen universell und objektiv gültig waren; Training gegen die Absolutheit der Arbeit, die alles einst bestimmte – doch es nicht mehr so sein durfte – für eine bessere Zukunft für alle und alles; Training gegen die naive Egozentrik, dass ich nur das verkannte Genie war, das in seinem intendierten Werk bloß sich selbst und der Gesellschaft vorgeblich zu genügen glaubte – Kurzum: ich sollte doch trainieren gegen all die Widrigkeiten, die seit einigen Jahren mein Leben von einem funktionalen Durchschnitt in ein explodiertes Chaos mit Sprengstoffdiamanten gewandelt hatten.

Ich war weggesackt, ich war gebrochen, aber ich war doch noch immer bereit zum Training.

Gerade lief ich einen kleinen Hügel hinauf. Dick und behaglich standen da die Bäume auf der kleinen Kuppe.

Ich lief durch das Laub, welches hier feuchter, schmieriger und noch intensiv duftender war.

Das Training. Ich schloss kurz die Augen, noch besser konnte ich die Helligkeit jetzt ertragen. Ja, fast war es jetzt angenehm dunkel. Aber noch nicht dunkel genug...

Meine Sonnenbrille hatte ich gleich beim ersten Sturz ins Laub verloren. Ich glaubte Schritt für Schritt natürlicher zu werden.

Mit diesen Voraussetzungen verließ ich für einen Moment den subjektiven Blick. Wie damals im Loch gelang es mir erneut, den Blick der herabschauenden Möwe einzunehmen (die Möwen, die es hier im Landesinneren gar nicht gab). Wie in jedem zweiten Möchtergernkunstvideo im Internet sah ich mich aus der Drohnenflugperspektive den lütten Hügel heraufhasten.

Blutige Knie, Ellenbogen, Schrammen im Gesicht, gerötete Wangen. Da sah ich ja irgendwie sogar glücklich aus! Die Bäume wirkten plötzlich schlank in ihren runden Kronenformen, wenn sie sich erst in grünem Flor anschickten, sonst kegelförmig und von grüner Dunkelsättigung.

Gleich bist du da. Gleich bin ich da. Ein kleines Stückchen noch!

Dieser Blick war besser als alle guten Zusprüche, als alle Drogen, als alle Medikamente. Der Möwenflugblick war mehr, er war die entsubjektivierende Erkenntnis, dass ich auch nur ein bisschen mehr als Kohlenstoff war, der auf der Erde herumspazierte. Der Möwenflugblick war mehr Zen, als jeder Meditationsmeister je erreichen konnte. Danke, Frau Doktor.

Einzig: lange vorhalten tat der Möwenflugblick nicht. Immerhin hatte ich es doch noch mal hinbekommen.

Da war ich wieder in meinen Augen: schmierig und grau, gelb waren Blätter, Stämme und Restlichter vor mir.

Ich dachte nun noch mal an die weggespeicherte Affenprosa in Eins und Null, die zu Hause immateriell lag. Ausgestellt, der Cursorfreund. Leblos, sein Blinken erloschen. Hatte ich es noch mal geschafft zu fühlen, ob die Gerechtigkeit des Geschriebenen dennoch waltete? Oder war sie mit dem Laptop ausgeschaltet worden? Ich hoffte auf sie mehr als auf alles andere. Auch mehr als auf meinen Heiland, den ich seit der Christenlehre kannte. Der Angstzenit ließ sich doch mit so viel überwinden, die Dämmerung der Angst – bis sie wieder aufsteigen würde – fühlte sich immer wie ein gewonnener Krieg an, war aber doch bloß eine Schlacht.

Aber was sagte schon mein Suchen nach dem Gefühl der Gerechtigkeit des Geschriebenen aus? Meine Gefühle waren doch eh nichtig und beliebig. Der Möwenflug lächelte sein Zenlachen über mich Dummerchen, der bloß aus Atomen bestand. Nein, geschrieben war hier im Wald nichts mehr. Gelesen hatte man hier im Wald auch lange nichts mehr. Hier waren bloß Schrammen, Holz und trocknendes Blut auf trauriger Menschenhaut. Und selbst wenn diese Gerechtigkeit hier auch war, Macht hatte sie dann doch nicht – nicht solange ich nicht wieder mir selbst begegnen würde. Und Sprengstoffdiamanten konnte man vielleicht für Asphaltstraßen gebrauchen, nicht aber im Holz.

Der Hügel war gleich erklommen. Dort hinüber. Rechts von mir standen einzelne Birken im sonst eher jetzt von Nadelbäumen dominierten Wald.

Die Steigungsverhältnisse waren noch immer lachhaft für jeden Menschen, der südlich der Hauptstadt lebte, von den Küstenebenen waren sie dennoch deutlich abzugrenzen.

Es reichte für mich, um als Kuppe und Tal durchzugehen.

In der Senke vor mir nun lud mich das Laub des vergangenen Jahres geradezu ein. Dick und schwer duftqualmend lag es in dem Tälchen. Und in dieser Senke, fast nur eine Grube, lag auch ein Haufen Unterholz. In der tiefsten Stelle des von Bäumen gesäumten Ringwalls.

War das eine besondere Art der Endmoräne? Scheiße, keine Ahnung! Irgendwann einmal hatte ich das in der Schule gelernt. Doch es kam mir vor wie aus einem anderen, fremden Leben. Einfach zu lange her.

Du bist da! Danke! Spring, lass dich fallen, öffne die Augen nur, um sie wie geschlossen zu haben!

Dass es nun endlich weniger blendete, erleichterte mich. Zitternd wahrlich, atmete ich aus. Tränen liefen an den aufgeschürften Wangen herab. Erleichterung, Ruhe, obwohl alles an mir zitterte. Nicht mal richtig stehengeblieben war ich. Das alte

Laub war eine einladende Decke: kalt, nass zwar, aber dick, ruhig und immer dunkler werdend.

Ich hatte den Möwenflugblick gemeistert. Dafür sollte ich nun belohnt werden. In einer Mischung aus Fallen und Springen hechtete ich in die Senke. In den Haufen des tiefsten Punkts hinein. War das ein Fuchsbau oder so was? Dort war es so herrlich dunkel!

Das Laub stobte lustig, meine Gliedmaßen machten eher weniger lustige Geräusche, als ich in das Unterholz stürzte. Die Augen hatte ich weit aufgerissen. Ich spürte erneut keine Haut mehr reißen, doch war es ausgeschlossen, dass ich mich nicht verletzt hatte.

Willkommen!

Es war so herrlich finster. Es war so angenehm dunkel, es war ein Labsal. Kurz noch glaubte ich versunken einige zartbunte Lichter vor meinem Auge zu erkennen. Quasi eine Aurora Borealis und Australis von meiner Psyche an den Polen meines Verstandes, am Ende meines Tagweges.

Doch die Lichter verglimmten schnell und leise wieder. Und zurück blieb nichts als köstliches Dunkel. Endlich.

Endlich!

Es war für mich nun dann doch Dunkel am Ende des Lichts.

Zufrieden atmete ich aus. Ich war angekommen.